「実力」=才能+努力
理系な彼女の誘惑が
ポンコツかわいい

Yuuzuki Mirokuin
弥勒院由槻
“異端児なれど最高峰” の異名を持つ天才数学少女。専門分野以外の知識は中学生以下。
Azusa Kuonji
久遠寺梓
イケメン、社長の息子で二代目。何でもデキると見せかけて実は努力型の秀才。反骨精神を抱いた熱い男。

東山楓音
Kanon Higashiyama
梓と由槻の同級生。2人の良きアドバイザー。常識人。
百地彩霞
Saika Momochi
由槻の付き人。ポンコツそうに見えて実はデキる。と見せかけてやっぱりポンコツ。

「大丈夫か、ゆうづ――」

飛び起きた由槻を見ると、

「なん、なっ、なにが……なにして……!?」

俺の手が掴むとまずいところを掴んでいた。肩を支えるはずが、少し下にずれた。

いやこれは寝てる由槻の体を支えようとしてその、
柔い。

ウエストに合わせた服では収まりきらないサイズのそれが、手のひらを押し返している。下着の固い感触とその固さ越しに押し返してくる、質量と弾力が感じられた。

理系な彼女の誘惑がポンコツかわいい

長田信織

角川スニーカー文庫

21692

口絵・本文イラスト／うまくち醤油
口絵・本文デザイン／たにごめかぶと（ムシカゴグラフィクス）

目次

恋習問題・予習「恋と告白の逆関数」

「逆関数で考えましょう。恋人をすれば恋ができるのでは？」

「お前ほんとはバカだろ」

$y = 2x + 3$

$\therefore x = (y - 3) \div 2$

数式が書かれていると、なにも考えたくなくなる？

ああ分かってるとも。世の中そんな人は少なくない。だけど、ホワイトボードに書かれた数式は、数字そのものに意味は無い。ただの一例だ。

その一例を持ち出したそいつが俺になにを言ったか、そっちを問題にしたい。

発言の主は高等部一年生。名前は弥勒院由槻（みろくいんゆうづき）。次世代の人材が集う瑛銘（えいめい）学院において、頂点に君臨している女子生徒だ。

柔らかな髪を後ろでまとめ上げ、背筋を伸ばしてつんと立つその姿はいかにも四角四面。しかしそんなスタイルすら、モデルばりの手足の長いプロポーションと華のある目鼻立ちによって、むしろ聡明可憐さを際立たせるものになっていた。

ただし、その眼光は冷徹無情の鉄めいた鈍い光で人に向けられる。ちぐはぐでアンバランス。美しいけど近寄りたくない。

弥勒院由槻とは、だいたいそんな評価をされている女子生徒だった。

その彼女が、まとめ上げた髪を尻尾のように揺らしながらホワイトボードに数式を書いて言ったのだ。

『恋人をすれば、恋ができる』

素晴らしい逆転の発想、とでも言いたげな顔——は、あんまり表情が読み取れないが、なんとなくそんなオーラを醸し出して俺にそう言ったのだ。

他にだれもいない空き教室で、ふたりきりだ。

教壇を挟んで立ったまま対峙する俺に、横手にあるホワイトボードに記した数式を指し示して由槻は数ミリ顎を引いた。

「素晴らしい逆転の発想ね。私でなければ見逃してしまうところだったわ」

本当に言いやがった。どことなく満足げに見える。視線はホワイトボードに向けたままだ。

「いや聞けよ！」

ようやくこちらを振り返って、無感動そうな眼(め)を俺に向ける由槻。

「……私はバカじゃないわ。こんな一次方程式の逆関数も分からないあなたこそバカなのよ」

その表情は石膏(せっこう)像のように冷徹で揺るぎない。深く理知的な光を湛(たた)えた瞳は確信に満ちていて、言われたことを鵜呑(うの)みにして自分の方こそ考えを改めるべきなのかと思わされてしまう。

しかし、

「そうじゃなくて、なんかこう因果逆転してるだろそれ」

「逆転させてはいけない理由はないわ。恋人をして試してみることが手っ取り早い。そうしましょう」

「由槻、言ってる意味分かってて言ってる気がしないんだよお前は。〝鵜(う)の真似(まね)をする烏(からす)〟ってやつだ」

「……うのま？　どういうこと？」

「鵜ってのは、鳥だ。鳥類ペリカン目ウ科」

「……あの、雑学程度にしか鳥の生態は知らないの。鳥と縄張り争いしたり、カッコウみたいに托卵して巣を乗っ取るの？」

「いや生態は関係無いから。『自分に姿が似ている鵜の真似をした鳥が、水に潜って魚を捕ろうとしたら溺れて死んでしまう』って意味だ。そういう諺があるんだよ」

俺の説明に、由槻はしばらくじっと沈黙した。賢者の瞳がどこか世界の裏側まで焦点を遠くして、ようやく俺のほうに戻ってきた。そして、

「……大丈夫。私は泳げます」

結論がこれである。

「そういう意味じゃない」

いわゆる理系人間という人種がいるが、彼女はまさにそのタイプ。三角定規とコンパスできっちり測った中心点に仁王立ちしているに違いない。

つまり、自分の言葉に裏が無い。しかし、こちらの言葉の裏を読むこともできない。

「……泳ぎに行きたいということ？　競泳水着しか持ってないのだけれど、いいかしら？」

「それはそれで趣がある――ってだから違う！　泳ぐ話じゃない、たとえ話だ。『自分の

能力を省みずに人の真似をしても失敗する』っていう意味だよ！」

「なら最初からそう言えばいいのに」

「趣が無いだろ」

「やっぱり水着の話なの？」

「競泳水着は忘れろ！」

由槻は腕組みしてクエスチョンマークを頭の上に浮かべている。ええい話の通じないやつめ。

「逆関数の反証が無いなら、とりあえず試してみればいいじゃない。いったいなにが不満だっていうのよ」

「そう言われてもな……具体的には、なにをするんだ？」

「それは……」

恋人をすれば恋ができる。として、恋人をするというのはなにをするのか？

由槻は改めてホワイトボードに書いた方程式を見て、俺を見て、そして答えた。

「恋人を恋人関係たらしめるもの、つまり……告白、とか？」

「それをしたらこの話し合いが終わっちゃうだろ」

そういうことである。

「俺たちは恋人になりたいんじゃない。お互い、恋に落とす側になりたいんだからな。その数式は微妙に違うだろ」

「……では、この式は要修正（マイナーリビジョン）ということにしてあげるわ」

マイナーリビジョンとは、科学誌などに提出した論文が査読の結果『掲載するには修正を要する』という判定を下されることだ。要するにこいつ、諦めてないけど保留したということ。

「そうしてくれ。俺も却下（リジェクト）までは言わない。なんとなく近いところ突いてる気もするしな」

肩をすくめて答えると、

「ただし……この程度で失望しないでおいてね」

由槻は俺に向かって歩み寄り、すぐ目の前に立って言った。

「必ずあなたを、恋に落としてみせるから」

強気な発言が来た。ので、

「——こっちのセリフだ。楽しみにしておけ」

ドン、と、ホワイトボードに手を突いて、言い返す。ボードと俺の体で挟み込まれた彼女に逃げ場は無い。いわゆる壁ドンである。

「俺は必ずお前を恋に落として、お前に勝つからな」

至近距離で向き合う体勢。ここまですれば、この鉄面皮も動揺する……と思う。

だが、俺の意に反してガクンと首が引っ張られた。

ネクタイを、由槻に引っ張られた。下に引かれた俺に、彼女が囁く。

「楽しみに、してあげます」

少しだけ、その体勢のまま沈黙が流れた。まるで睦み合いのような近さ。肌からの熱すら感じられそうな距離で、俺たちはお互いに一歩も引かなかった。

とはいえ、

「ふん……やるな……」

「そちらこそ……」

声の感じからして、由槻もそうだと分かる。

――近すぎて、さすがに全力で顔を逸らしてしまったんだが。

「きょ、今日は引き分けにしとく？」

「分かったそれで」

ぱっと体を離して手で顔を扇ぐ。

あーもう、ほんと。

俺はただセレブ街道をＦ１マシンで駆け抜けたかっただけなのに、なんでこんなことになったんだろうか。

恋習問題 その1「恋と努力の決定係数」

人に嫌われることには慣れている。なぜなら俺は優秀だからな！

私立瑛銘学院。その昔、名家や華族の子弟を育成するために創立された中高一貫の名門校。総合大学なみの広い敷地に、時代に合わせた最新設備を揃えている。ひと言で言うなら、由緒正しきセレブ学校だ。

将来は国の中軸を担う学生が数多く就学するこの瑛銘学院に、俺は外部生として入学した。そして学院内の学力テストでトップの成績を収めた。つまり、俺がナンバーワンだ。

外部編入生にして全学1位の称号を手に入れた俺は、内務監査委員会に所属することにした。

瑛銘学院は中等部と高等部に分けられているものの、生徒会およびクラブや部活動は中高統一で組織運営は巨大になっている。

生徒会の扱う予算も中等部高等部を合わせた額になるうえ、税金対策で生徒の親からちょくちょく寄付金もあり、きちんと運用すればフリーターの年収ぶんくらいの額を部でどうこうすることが可能だ。そしてもちろん、それは悪用される場合もある。

幸か不幸か、瑛銘学院にはそういう手腕に長けた生徒がよくいる。部費などの会計を監視するのは普通、生徒会の監査委員会だ。瑛銘学院はそういう彼らのマネーゲームに調査の手を入れる必要があり、生徒たちを深く追及できる権限を持つ監査委員会を設置した。それが瑛銘の『内務監査委員会』である。

つまり、内監とは簡単に言えば――スーパー風紀委員。あるいは徴税人である。

金に不自由してないのにわざわざマネーゲームに手を出す生徒たちを追及するのがお仕事なわけだ。当然、これは金銭よりプライドのマウンティング合戦だ。

成り上がりの編入生に成績で負かされたうえ、密やかに楽しんでいた悪事を刺された金持ちに俺の名前を刻んでいく。楽しい仕事だ。

いつだったか見た学内SNSでは、こう書かれていた。『久遠寺は爪を隠さない鷹だ』と。

久遠寺梓という俺の名前は、きっちり刺さっているようでなにより。

楽しいうえに人脈まで作れるという委員会活動を、ある一点を除いて俺は満喫していた。

「ただいまー、と」

「3分18秒の遅刻よ」

委員会室に戻ると、いきなりそんな文句で迎えられた。いつものことなので気にせずに入室する。

内監の委員会室はけっこう広い。緋色の絨毯が敷かれた床に、手前には木製のローテーブルと瀟洒なソファの応接スペース。奥には執務机が3つ、ひとつは上席に、ふたつが壁際に横並びで置いてある。

横並びのうちひとつには『久遠寺　梓』と俺の名前が書かれたプレートがあった。なぜならもちろん、そこが俺の机であるからだ。

「3分18秒の遅刻よ」

「それはさっき聞いたよ。お前は時報か」

答えつつ自分の机まで歩いて、オフィスチェアに座りこむ。少し間隔を空けて置いてある2台の執務机。ノートPCとタブレット、それにサボテンや文具入れなど一般的かつシンプルな小物があるほうが俺の机で、やたらと堆く紙が積まれまくっている変態気質なのが声を掛けてきた女の机だ。

隣の机の主は、いつものようにやたらもちもちするぬいぐるみをこねくり続けていた。

それをぽいっと机に放って、椅子を回しこちらを向く。

「時報ではないわ。あなたのせいで無駄にした3分18秒について弁明を求めてるの」

淡々とした口調でそう告げてくる。その瞳が冷たいのは怒っているからでも、不満があるからでもない。俺が人間だからだ。彼女は人間相手にはだいたいいつもこんな目をしている。

「べつに遅れちゃいない。〝30分くらい〟だって言ったし、そのとおりになっただろ」

「私の時計ではあなたの発言から33分18秒の経過時間を計測してるわ。次回からは正確にしてもらえるかしら？」

「俺のやり方はそういうのじゃないんでね」

「そう」

納得したのかしてないのか分からないつぶやきを残して、彼女は机に向き直った。

弥勒院由槻（みろくいんゆうづき）。

瑛銘学院においてその名前は〝畏怖〟を意味する。旧（ふる）くから続く名家に生まれ、幼い頃から家庭教師による英才教育を受けた。海外に渡ると弱冠12歳で高校卒業資格を取得し、13歳で大学卒業資格を得た天才だ。

なぜか日本に戻り学校に通っているものの、目的は不明。授業にはほとんど出ずに数式をひたすら書きつけている。噂では実家の社交場にも顔を出したがらない我の強いタイプだが、その能力ゆえに誰も文句を言えないのだとか。

学院の成績は理数系が高く文系は低い。だが、誰もが天才と認めている異質な存在として君臨する。〝異端児なれど最高峰〟と囁かれる女子生徒。それが弥勒院由槻という存在だった。

「結果を早く出して」

「はいはい。いま入力するよ、っと」

横目で俺を促す由槻に、俺は卓上のPCに数字を打ち込みつつ答える。監査した部長さんから訊き出してきた横領の細かい金額を入力し、データを更新する。

ぴこーん、と隣で間抜けな音がした。由槻が同じ型のPCを取り出して画面に目を走らせている。

「……新しい案件がひとつ増えたわね。またチェックをしておいて」

PCはただの端末だ。由槻が組み立てた数式で自動的に不正会計を見抜くシステムがサーバーで働いている。検知された不正を調査していく。場合によっては関係者にダイレクトアタック。それが俺の主な仕事だ。

「やれやれ。不正会計の自動検出じたいはありがたいんだけどな。データを更新するたびにこれだ。〝浜の真砂は尽きるとも世に盗人の種は尽きまじ〟ってか」

「まさご」

顔を俺に向けて、抑揚の無い声でおうむ返しにしてくる。あ、分かってない顔だこれ。

「石川五右衛門の辞世の句。『世の中に泥棒はいなくならない』って意味だよ」

「学院首席だと、説明が必要な言葉以外では喋れなくなるの？」

「なにも言わず数式書いて『自明です』だけで通そうとして、誰ひとりとして自白させられなかったのはお前だからな由槻。だから俺が調査官で、由槻は書記なんだ。天才はそもそも喋ろうとする努力をしてから言ってくれ」

「あなたには通じるでしょ」

「そうかい」

肩をすくめる。

さて、ともあれ、だ。

「これで現代邦楽部の一件は片付いたな。裏帳簿をＯＣＲで流し込んでダブルチェックしたら終わりだ」

「それでは、もっと重要なほうにとりかかりましょう」

「――アレか？」

キーボードを叩く(たた)タイプ音が止まった。

「そのとおりよ」

俺が振り返ると、由槻はこくりとうなずいて立ち上がった。彼女が向かう先には、瀟洒な調度に似つかわしくないホワイトボードが壁際に置かれている。

ばさりと、由槻が白衣に腕を通した。本気モードだ。今日もやはり、灰色の脳細胞をフル回転させるつもりらしい。

彼女と俺は、ある勝負をしている。それは、己の能力をお互いにお互いより自負しているがゆえに起きるもの。

――お前には負けない。そのプライドを賭けた勝負である。

瑛銘学院をして〝異端児なれど最高峰〟と震撼(しんかん)させるその頭脳に、学院首席の俺が立ち向かうには気力と集中力を総動員せねばならない。だが逆に言えば、そうすれば対抗できてしまうということ。皮肉にも、由槻が作った自動検出システムは監査委員会の人員を9割削減してしまえるほどの優秀さを誇る。そのシステムがこの決着を長引かせていた。

とはいえ、まだまだ勝負はつい先日始まったばかり。お互いに手探りで相手の現在の実力を測っているところだ。

「お手柔らかに」

「手加減は期待しないで。忘れたのかしら？　お互いに才能が無いと認める分野で勝利した者が、真の実力者であると認める。その条件で合意に至ったはずよ。だったら、常に全力を出さないと限界を越えられないもの」

「分かってる。ちゃんと覚えてるよ。俺とお前で決定したことだろ。つまり——お互い『恋に落としたほうが勝者』だ」

俺は立ち上がり、由槻と正対する。

睨み合う。また顔を背けたくなるが、気迫で我慢する。由槻もまた、今日は引かなかった。

「必ず、お前が俺に告白したくなるようにしてやる」

「私が、あなたを魅了し尽くしてみせるわ」

◯

あたしは思った。

人を呼び出しといてなにイチャついてんだろうこいつら。即座に爆発しないかな。

○

「やっぱり他の人にも判定（ジャッジ）してもらうのが公平だと思うんだ。協力してくれ楓音（かのん）」

「そもそも、なんでそういうことになったの？」

もぐもぐもぐ、とロングソファの上であぐらをかき、バームクーヘンを頬張（ほおば）りつつ言うのは、東山（ひがしやま）楓音という女子生徒だった。どことなく物騒な名前だと思う。

内務監査委員会は高度なシステムにより人員削減されたが、システムは完璧ではない。人の目で確認するのに、２人はいかにも少なすぎる。

幸い、役員は庶務を自由に任命できるので手頃な同級生を摑（つか）まえて監査委員に引き込んでいた。それが楓音だ。今日呼び出したのも、手頃だったからである。

性格は大雑把（おおざっぱ）だが、食い物を与えておけば大人しいので怒らせたときの解決方法がシンプル。

大人数で座れる長ソファのスペースに移動して、俺と由槻は楓音と向き合っていた。

「実はな、俺と由槻は特薦権（とくせんけん）を巡って対立してるんだ」

争いの理由を話すと、楓音が眉を跳ね上げた。

「『特薦権』って、噂に聞くあの特薦権？　優秀な生徒の中でも選ばれし希望者だけが参加できるっていう、エリートＯＢが集まる完全紹介制の交流会参加枠？　そこで投資を持ちかけられた子が、５年後には資産が20倍になったっていう噂もあるあの特薦権？」

「詳しいなお前」

「学校の噂は学生の義務教育じゃん。へー、実在したんだ。それでそれで？」

ちょっと乗り気になったらしく、あぐらをかいたまま楓音が前屈みになる。スカートが太ももまでまくれてるのに気にもしてない。

「……ああ、えっと。俺と由槻は同じ人に推薦を頼んじゃってな」

「誰に？」

「学院長」

「学院長かー。アズくんもユッキーもよく大人と話せるねー」

「違うぞ楓音。俺はともかく由槻はむしろ大人より同級生のほうが話せる相手が少ない」

「梓くんは気持ち悪い作り笑いがお上手よね」

「ははは、由槻みたいなやつとは穏やかな心を長い年月かけて育てないと話せないんだよ」

横目で睨み合う。そんな俺と由槻の頬にドスドス、とバームクーヘンが押しつけられた。

ちょっ、ベタつくからやめて。

「ふたりともバムりなよ。あとイチャついてないで話進めてよ」

「「イチャついてはいない（ふあひはひ）」」

「あっそう分かった」

口を開けたら押し込まれたバームクーヘンを咀嚼（そしゃく）してから、俺は話を続ける。

「それで、だ。学院長に言われたんだ。『ふたりとも優秀だし人柄も保証できるから、入会資格は十分。だけど、枠はひとつしかない。だからここはお互いによく話し合ってふたりで決めてほしい』ってな」

「なるほどねー」

「話し合った結果『告らせた方が勝ち』ということに」

「うんそこが意味分かんないカナー。なんで恋バナになったの？　あてつけ？　ねえ？」

楓音が半眼になって言う。

なんだそのくだらない話を聞いてあげてるみたいな目は。

「お互いに権利を譲る気が無いから、勝負して決めることにしたの」

と、由槻が話を引き継いだ。

「そして、話し合いの結果『才能よりも努力を怠らない人こそ素晴らしい』という学院長の意向を尊重し、才能が無い分野への取り組み姿勢を評価するということで『恋愛』の実力を争うことになったの」

「んー……よく分かんないんだけど、なんでふたりが才能が無いって分かるの？」

訊かれると、由槻はＡ４サイズのノートタイプホワイトボードを取り出して、楓音に見せた。

そこには、いくつかの円グラフがある。

「統計よ」

「統計かー」

たはー、とか言いつつ天を仰ぐ楓音。

「私が調べたところ、10代の若年者のうち『交際経験が無い』のは42％。さらに恋人が『いらない』と答えたのはわずか８・５％。私たちはどちらにも当てはまるので、もはや恋の才能は偏差値で言えば36以下ということになるわ」

円グラフを見せつつ滔々と語る由槻。理系は数字が出せると安心するのだ。

「『恋人が欲しい』『どちらでもいい』と答えたのは91・５％。『交際経験がある』のは58％。ということは、恋愛についての実力が偏差値52もあれば、私たちはきちんと恋人を作れているはず。もしくは、恋人にしたい人くらいはいる。どちらもいないのは、才能も努力も平均以下であるからと推測できるの」

「なる……ほど？　恋バナなんだよ、ね？　これ？」

首をかしげる楓音。

「納得がいかないようだから、説明します」

由槻は白衣をはためかせて立ち上がり、ホワイトボードをカラカラと引きずってきた。

ボードマーカーを手に取る。

その目は爛々と輝き始めていた。この女、数式の話をするときだけは表情が輝くのである。変態だ。

「楓音さん、決定係数というものを知ってる？」

「ぜーんぜん」

首を横に振る楓音に対して、由槻がボードマーカーの蓋をぽんと取って単語を書き出す。

「統計的な考え方で『実力』が、『才能』と『努力』でできているとします。それを方程式として表すと、こうなるわ」

『実力』＝『才能』＋『努力』

「ここまではシンプルよね？」

こん、こん、こん、と。ホワイトボードに書き記した単語をくるりと回したマーカーでつつく。

「まあ、どんな天才も練習無しでプロになれるわけがないしな。妥当なとこだろ」

俺が答えると楓音もふんふんうなずく。

由槻はさらにマーカーを構えて続けた。

「そう。そこで問題となるのは——『〝才能がある〟と〝才能が無い〟には、数字で言うとどれくらいの差があるのか？』ということです。だからここで、一次方程式に変換します」

$y = ax + b\varepsilon$
『y』＝『実力』
『x』＝『才能』
『ε（イプシロン）』＝『努力』

「統計データの分析でよく使われる基本形ね。『実力』と『才能』、『実力』と『努力』はいずれも相関関係にあるとされているから、ふたつを合わせて、どちらにどのくらいの重みがあるのか？　それを計算するための式よ」

「重みってなに？　どういうこと？」

楓音が素朴な瞳で問いかけた瞬間、由槻はフリーズした。

「重み……は、重み、よ……？」

答えづらそうにする由槻に、俺が助け船を出す。

「重要度だよ、楓音。『実力』のうち『才能』と『努力』のどっちがどれくらい重要か差を付けるんだ。簡単に言えば『才能は何割くらい大切か？』ってことだ。『遺伝が7割』なら0・7だな」

「ふーん……」

数式をもう一度見て、うろんな目をする楓音。

「それでなにが分かるの？」

「『才能』と『努力』を定量的に表せます」

ドヤァ、みたいな雰囲気を出す由槻。しかし、

「はーん……？」

なに言ってるんだろこの人。みたいな顔をする楓音。

「あー、あのな、楓音。この式を使って計算すると、たとえば『音楽は8割が才能』であるとき『1000人に1人の天才肌』と『1000人に1人の努力家』がどれくらい戦え

るか分かるぞ」

「へえー！　そうなの？　やってやって！」

再びのフォローを出すと、楓音の興味を惹(ひ)くことに成功した。

「ええっと、そうね……こうなるかしら」

$$y = ax + b\varepsilon$$

『天才肌』$y = 0.9 \times 3.1 + \sqrt{0.19} \times 0 \quad \therefore y = 2.79$

『努力家』$y = 0.9 \times 0 + \sqrt{0.19} \times 3.1 \quad \therefore y = 1.35$

「天才は平均的な努力で１０００人中3位。努力家は平均的な才能で１０００人中89位というところね」

「才能の壁分厚すぎー!?」

楓音が悲鳴を上げた。俺もちょっとそう思う。

「でもさ、これ逆に言うと『努力家』が20人中1位程度の才能で追いつくぞ」

「えっ、そうなの？」

「ただし『天才肌』も10人中1位くらいの努力で1万人中5位くらいの実力になる」

「き、厳しい!!　やっぱり才能8割は厳しすぎる！」

「でも世の中『1万人にひとりの天才』がけっこう乱発されることを考えてみると、意外と才能の比率って少ないんじゃないか？」

「あ、そうかも」

さて、雑談はこのへんにしよう。由槻がやきもきした視線を送ってくるので。

「で、まあ芸術の世界でプロはそういう厳しい環境かもしれないが、俺たちのは一般人ができる一般的な恋愛についての話だ。才能8割は大げさだし、才能の重みは6割くらいにして、そのかわり順位を低くしよう」

「そだね。1000人にひとりしか恋ができないとか少子化なんてレベルじゃないって」

「じゃあ……由槻、恋の実力を数式で表すと、どうなる？」

ようやく目的の数字が書けるとなって、由槻は素早くホワイトボードを向いた。

「では、実力の偏差値が36で、努力を平均以下として−1にしておきます。それで計算してみると……」

$y = 0.8x + 0.6\varepsilon$

『実力の偏差値＝36』『努力＝−1』

$$-1.4=0.8x+0.6\times(-1)$$

$$\therefore x=-1$$

「才能も努力と同じくらい低くて１００人中84位ほどね。ということは……10人中1位くらいの努力値でも平均値に到達するわ。つまり、人より努力できれば恋愛は可能！」

由槻が『恋はできる』と結論を書く。

「であるから、相手を恋に落としたほうが、相手より努力している。『努力を怠らない人』という学院長の意向に適う人材というわけなの」

「１０００人中１位の努力をすれば、実力は+1まで引き上げられるからな」

俺が補足すると、

「アズくん、聞いたばっかりでよく分かるね……」

楓音がぽけっと口を開いて言ってくる。

「実は聞いたばっかりじゃない。ずっと前にも由槻から聞いたことがある」

「そうなんだ」

「実力が『+1』に到達すれば、上位16％しかいない恋愛エリートの仲間入りです」

「エリート……俺にふさわしい称号だ……」

「努力家であることを示すには、十分な条件ね」

俺と由槻はうなずき合った。やっぱり間違っていないと思う。

「「――相手を恋に落とした方がよりエリートにふさわしい」」

「というわけだ」

と、そこで俺は楓音に振り返る。しかし、友人代表に選んだ女子生徒は、ゆらゆら左右に頭を揺らしていた。

「そ、そうなるの？　ねえほんとにそうなるの？　ユッキーはともかく、アズくんまで言ってるのおかしくない？」

俺はため息を吐く。

「せっかく一から説明したのに、分からず屋だな楓音も」

「あたしのせい!?　あたしが悪いのこれ!?」

「相手を屈服させるにはな、相手から提案してきたルールで戦って、なおかつ勝つこと。それが完全勝利ってもんだ。お互い才能が無い分野で、この天才に吠え面かかせるチャンスなんだぞ。乗るしかないだろ」

「公平な勝負には、公平な審判員が必要です。楓音さん、協力してください」

「えー……？」

いまだ懐疑的な顔をする楓音。

しかし、ここでいちいちつまずいているわけにもいかない。勝負を始める以前の段階で止まってしまう。

仕方ない。奥の手を使うしかないだろう。内ポケットに手を突っ込む。

「楓音……」

「む、なにかな。怖い顔しても楓音ちゃんは脅しにはくっさないころせなんだからね！」

ヘアッ！　とかけ声付きで戦闘の構えをとる楓音に、俺はゆっくりと内ポケットから最終手段を出して突きつけた。

「報酬にドーナツショップの券をやる」

「わーい。やるやるぅ〜。アズくんにプラス1Ptね！」

「ば、買収は禁止！」

由槻が慌てるが、楓音はとっくに券を受け取っていた。

「じゃあさっそく審判として訊きたいんだけどさ」

ポケットに券をしまいながら、楓音が俺たちを見る。

「なんだ？」

「特鷹権でなにがしたいの？」

言われて、俺は答えた。

「俺の親父は、以前にそのサロンへの入会資格を取ったことがあるんだ」

「わお、すごいじゃん。それじゃあ、お父さんの跡を継ぎたいから？」

「いいや違う。親父は少し在籍したけど会員資格を剝奪されたんだ。だから俺が会員になれば、死ぬほど悔しがるはず。それが目的だ。つまり——いわゆる親殺しかな」

「……お父さん嫌いなの？」

訊かれて、俺はにっこり笑って見せた。

「大嫌いだね」

「はー……」

ぽりぽり、とこめかみを掻きつつなんとも言えない顔をする楓音。

「えっと、ユッキーは？」

矛先を変えることにしたらしい。

由槻は肩をすくめた。

「私怨でやってるそこの男と違って、私はただ昔会った人にお礼を言いたいの」

「お礼？　なら、お父さんとかに頼めばいいんじゃ？」

「小さい頃にその交流会に行ったんだけれど……誰なのか、ぜんぜん思い出せないの。でもそこにいた人なのは確かだから、その場に行って記憶を呼び起こすしかないってこと」

「……ふむむ、なるほど」

と、そこで楓音がぽんと手を打った。

「ねえ、もしかして——」

「俺の親父じゃないってことは確認済みだ」

先回りして答える。

「ありゃりゃ……残念」

楓音の思いつきそうなことだ。

「じゃあふたりとも譲れないってことらしいし。頑張ってね」

「おう」

「ええ」

かくして、俺と由槻の聖戦が開始された。

恋習問題 その1

「恋と努力の決定係数」まとめ

「決定係数」とは、説明変数（独立変数）が目的変数（従属変数）をどれくらい説明できるかを表す値です。なので、恋の実力（従属変数）において、才能と努力（独立変数）のどちらがどれくらいの重みを持つのかを計算できるのです。

恋と実力の数式

$$y = ax + b\varepsilon$$

y＝実力

x＝才能

ε＝努力（環境、運なども含む）

決定係数『R^2（アールスクエア）』

「才能」と「努力」に関係がないとき、
「才能」と「努力」はそれぞれの分散を持つので、

$$R^2 = \frac{a^2V[x]}{V[y]}$$

$$y = a^2x + b^2y$$

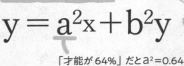

「才能が64%」だと$a^2=0.64$
$a=\sqrt{0.64}=0.8$と求める

まとめ

◆恋の「才能」が低くても、人より「努力」できれば恋愛エリートの仲間入り！
◆とにかく頑張れ！　◆爆発しろ

恋習問題 その2「恋する図形の方程式」

「お弁当を作ってきたわ。一緒に食べましょう」

先手を取られた！

その時、俺の胸には驚愕(きょうがく)が渦巻いていた。まさか、この超合金とコンピューターを煮詰めて人の形にしたみたいな由槻(ゆうづき)が、初っ端(しょぱな)からここまで学生らしい恋愛イベントを仕掛けてくるとは思いも寄らなかったからだ。

昼休みに委員会室に呼び出された時点で思いつくべきだったが、俺の中には侮りがあった。まさかこの女がそんなことをするはずがない、と。

いや、慌てるのは早計だ。

「お弁当……というのは、どんなお弁当だ？」

完全栄養食、カロリーメイト、宇宙食まで想像した。さあ来い。

「実は私、これまで料理をしたことが無いの」

「よし！」

「だから、友だちと一緒に作ったわ。ほとんど任せちゃったけれどね」

「なんだと⁉」

得意げに差し出されたのは、どう見ても手作りの物にしか見えないお弁当包みだった。開けてみるまで分からないが、由槻ならカロリーメイトを箱のまま剝き出しで渡す。そうではないということは、知恵を絞ってきたということだ。中身も作ってある可能性が高い。

「由槻が……普通の可愛いJKみたいなことを⁉」

「ふふふ、私を甘く見たわね」

「お、おお、ちょっと——いやだいぶ驚いた」

「私だってやればできるの。さあ受け取りなさい」

受け取る。そして感触と持ち重りで判明した。布越しに感じるプラスチック素材の硬さに、ほんのりと布地に残る温かみの残滓、傾けると重心が移動しそうな中身を感じる。

お弁当だ。それも中には料理がある。本人の言葉を信じれば手作りの。

「R2乗で恋愛の実力を測ろうとしてた由槻が、いったいどうしたんだ？　普通に可愛いだと……⁉」

「そ、そうでしょう。これであなたも告白したく――」

「おかしい……俺の予想ならここで完全栄養食を出すロボットJKだったのに」

「ちょっと褒められてるのかけなされてるのか分からないから黙って」

「痛い」

ノートでぺしりと叩かれた。興奮しすぎた。

ちょっとクールダウンする。改めて手渡されたお弁当へ目を落とした。

お弁当包みはチェック柄で女子っぽいピンク系のカラー。

「この見た目……この感じ……まともに照れくさいな……」

昼とかいつもは購買や学食だし、俺にはもはや手作りの弁当じたいが珍しい。まだ包みを開いてもないのに期待感が上がってくる。

「ふふふ、そ、そうでしょ。ドキドキしてきたかしら？」

「ああ、開けていいか？」

包みに手をかける。だが、

「待って」

由槻本人からストップがかかった。

「な、なんだ？」

「お弁当についての注意事項があるの」

「注意事項？」

「そのお弁当、ほとんど友だちが作ったの」

「ああ、分かってる。さっき聞いたよ。だけど――」

「だから、味が良かったり、見た目が綺麗だったり、あるいはアレルギー物質や毒物があっても私には責任が持てません」

「おっと由槻が帰ってきたな」

「そんなの入れてるわけないでしょ!!」

楓音の叫びが響いた。ソファの後ろから背もたれを跳び越えて座面に仁王立ちしている。

しかしポップコーン食ってるのはどういうつもりだ？

「お弁当大作戦は楓音の仕業だったか。審判員を抱き込むとは卑怯な……」

「合理的な決断をしたまでよ」

◯

男は胃袋を摑め。

「手術支援ロボットを使えば低侵襲治療施術ができるからあるいは……？」

「いやいやいやユッキー、言ってる意味よく分かんないけどゼッテーちがうの考えてるっしょそれ」

先ほど渡したポテトチップスを咥えるくわ楓音さんに言われ、私ははっとして本の続きに目を通す。

「……お料理のことね。つい簡単な方法が書いてあると思って飛びついてしまって」

「簡単なこと考えてるようには思えなかったけどなー。はぐっ」

あぐらをかいて手を足に置いたまま上を向いて、咥えたチップスを唇と重力で口の中に落としこんでいく楓音さん。お行儀が悪い。

彼女とはあまり親しくしたことはないけれど、この勝負においてアドバイスをくれそうな人は逃せない。ポテチを賄賂って付き合ってもらっていた。

梓あずさくんを攻略すると宣言したので、私はまず戦略を調えることにした。なにかに手をつけるときは、やっぱり本で事前調査をしてからがいい。

ちょうど都合良く、風紀委員会が保存している過去の落とし物や押収物にそれがあった。生徒が持ち込んだティーンズ雑誌や雑学本。倉庫から楓音さんの手も借りて委員会室に持ち込んで、ひととおり恋愛に関する記事を読んでいるところ。

そこに書いてあったのが『彼氏につくってあげたいお弁当コンテスト』だ。腹腔鏡なかどではなかった。

「まあ、学校でやるならメイクとかファッションよりはねー。あたしたち風紀委員のボスだし。んーで、それ実践するの？」

「実践したいとは思うけれど、手料理……と言われても困るわね」

「えー、いーじゃんおべんと。なんかあるの？」

「楓音さんは作ったことあるの？」

「……あー、そっかそういうタイプのお嬢様だからかー……」

目を逸らしながら、もう1枚ポテチをかじる楓音さん。

「ま、あたしんちはおっきくなっても農家だかんね。食材は産地廃棄ほどあったし、そういうのもったいなくてちょっとでも食べたり配ったりしたから。お弁当くらいハイハイハイってなもんですわ。ユッキーはやっぱりまかないさんにお任せ？」

「私は……たまに食べることも忘れてしまったりするから……」

「パパの会社にもそういう人いるって聞いたことあるよん。研究者肌だねい。今日はちゃんと食べた？　これ食べる？」

「ちゃんと食べました。大丈夫です」

差し出されたお菓子の袋を丁重に辞退しておいて、本は付箋をつけて閉じる。

「観察によると梓くんはどちらかといえば美食家よね。料理部で接待されたときは嬉しそうだったわ。……あ、そうだ。彼らに頼めばこんなお弁当くらい」

「いやいやいやユッキー待って？　それはダメだかんね？」

私の持っている本を摑み取って、楓音さんは苦笑を浮かべて付箋のページを開く。

「うーん、キャラ弁はＮＧかなぁ。食べ盛りだからこっちは小さすぎかな。バスケット？　学校向きじゃない。うーん……ほんとになにも作ったこと無いなら、どれもすぐには難しいかなあ」

「ではやはり料理部かどこかのシェフに依頼するのがもっとも早く――」

「いやー、だからそれはダメだよユッキー。なってない。なってないね」

本をぺいっと放って私の肩を抱きつつ言う楓音さん。

「それじゃあひとつ欠けているものがあるんだよきみぃ」

「な、なに？」

ちょっと声がうわずった。誰かとこんなにも密着する経験はあまりなかったから。

楓音さんはそのまま、私ににやりと笑いかけてきた。

「ユッキー、この言葉を覚えて、恋愛マスターへの一歩を進むんだ」

「どんな言葉？」

楓音さんは、手を前に突きだした。

私がそれに目を向けると、ぐっと指を握りながら肘を直角に曲げ、力を籠めて言う。

「『料理は愛情』！」

「りょうりは、あいじょう……」

言われたことを考えて、本を見て、

「さっきの本に書いてあった『愛情たっぷり』というあの……？」

「それだヨ！」

親指を立てて首肯した同級生に、私もうなずきを返す。

「ならその献立を注文するわ」

「わかってなーい!?　いっやいやそうじゃなくてね、愛情を込めて作った料理がいちばんってことだよ？　関係無い人に注文したお弁当じゃそれが無いって話だから！」

「非合理的です。人間の味蕾が受ける刺激が人の念で変化したら、超能力よ」

「いやー、ほらさー、うーぬ……」

目を閉じて両手でこめかみを押しながら考えてから、ぱっと立ち上がる楓音さん。

「ここに飴ちゃんがあります！」

「ええ」

ずばーん、とポケットから個包装の飴を取り出して、右手に載せる。

「もうひとつあります！」

「そう」

今度は左手に載せた飴を見せてくる。なにがしたいのかしら。

「どっちかあげますぜアネゴ！」

「いらないわ」

「おうおう、そいつは早計じゃないですかい？　この飴ちゃんはアズくんから直々にもらった上物ですぜ。彼もお気に入りの一品だ」

「えっ」

なぜか絶妙に人の名前を正しく呼ぼうとしない彼女のクセは分かっている。そんな楓音さんから〝アズくん〟という呼称をつけられているのは久遠寺梓。彼だけだ。

彼女を『食べ物で手懐けろ』と言っていたのは確かに彼で、よくお菓子や頂き物を贈っているところを見かけていた。いえべつに羨ましいとかは思ってませんけれど。

「た、確かにそうね。早計だったわ。好みが分かるなら同じものを食べるのは大事よね。ありが――」

「おっと待った」

お礼を言いつつ伸ばした手が空を切る。楓音さんが手を引っ込めたからだ。

「むっふっふ、両方あげるとも、両方がアズくんのだとも言ってないよん。どちらがお目当ての飴ちゃんなのか、運試しだよユッキー！」

「ど、どうして？」

「あたしがもらった物をただ手放すより楽しみたい……それだけさ。さあ選ぶがいい！片方はあたしの買ったやつで、片方はアズくんの飴だ！」

こっちか？　それともこっちか？　なんて言いながら飴を握った拳を振る楓音さん。

「私は運なんて信じません」

スマホを取り出してアプリを起動した。キィン、と澄んだ音がして画面の中でコインが回る。出た結果は『表』だ。

「では右で」

「えっ、ナニソレ？」

「二項分布で観察した情報から当たりを狙うと、却って結果が偏って失敗が増えてしまうことがあります。これはコイントスでランダムに裏と表を出すアプリです。メルセンヌ・ツイスターの疑似乱数列に従えば、バイアスに惑わされないので期待値が下がることはあ

りません」

「うーわー、ガチで当てにきてる……。はいじゃあ右ね」

と、渡された飴を手の中で転がします。

「…………あの、これは」

「……へへっ、もちろん、大当たりだぜ」

親指立てて微笑む楓音さん。

「ほうら、食べてごらん」

「え、ええ」

封を破って口に含むと、じんわりと甘みが広がった。

りんご味。りんご味が好きなのかしら。

「それがアズくんと同じ味」

「ふうん……」

こういうのが好きなのね。覚えておかないと。

優しい甘みが舌先に広がる。

「——っていうのは嘘なんだけどネ！　両方あたしが買ったやつだし！」

バギギ！

「どういう意味？　なにが目的？」

「おおコワいですなー。姫、同じ物を食べてるだけなのに、ずいぶん反応がちがいますぜ」

「私は飴が食べたかったわけではないので当然よ。いま嚙み砕いて飲み込んだ糖分はなんなの？」

「飴でしょ」

「そうだけれど！」

人を騙すなんて！

「ふっふっふ、これが〝愛情〟だよユッキー！」

「え？」

「お腹が空いてない、飴もいらない。そんなユッキーに美味しく飴を食べさせることができる。つまり――いまユッキーは飴を食べてるんじゃない。情報を食べてるのです」

「情報を……食べてる……」

「悪いことじゃないと思うんだよネー。女の子は好きな人からもらった物はなんでも宝物になるし、美味しい物は肥料のタンクより綺麗な景色見ながら食べたいよ」

イメージで楓音さんの意見を検討してみる。

まったく同じ食品を、異なるロケーションで味わった場合。

「一理あるわね……。ストレス物質は交感神経を刺激し、末梢血管を収縮させてしまう。では逆に快適さを提供できれば、それが味に影響することは理に適ってる」

「………お、おう！」

なぜ間があったの？

楓音さんが肩をすくめてぽすんと座る。新しい雑誌を手に取って、ぱらぱらめくりながら、カウチポテトスタイルへと移行。

「ま、今回はちょっとズルしよっか」

「ズルは良くないわ」

「……じゃあズルじゃなくて工夫」

「それならいいけれど。なにをするの？」

首をかしげる私に、楓音さんは雑誌から顔を上げて答える。

「あたしが作るよ」

「え？」

ソファで寝そべる同級生が、私を見つめて笑みを浮かべる。

「あたしが作って、最後にひと工夫だけユッキーがやるの。喜ぶようならだんだん作れるの増やせばいーじゃん。渡す時は『ほとんど友だちに手伝ってもらったけど、ひとつだけ私が作ったの』ってやろうぜい」

「で、でもそこまでやってもらうのは……」

「いーからいーから」

「私の〝友だち〟なんて嘘をつかせるのは気が引けるわ」

「そこは本当にしちゃおうよいま‼」

○

「とにかく、お弁当はちゃんとユッキーにひと工夫してもらったから大丈夫。どれがユッキーの作った部分なのか、想像しながら食べなよ。デュフフ……」

「なんだその笑い」

「JKは恋バナが好きなのでねー。学院首席がオタオタしてるのは見物だったよん」

「チッ、言ってろ」

なんだかんだで3人ともローテーブルに弁当箱を広げることにした。

「さて、じゃあ開けてみるか……」

「ありがたく食べなさい。楓音さんにわざわざ朝早く委員会室に材料とお弁当を持ってきてもらって作ったんだから」

「3人分って迷惑かけたな。今度学食奢(おご)るぞ」

「やーやー、量増やすだけなら楽なもんだよん。っていうかユッキーの頼みだからこれ。アズくんが手出さないの」

「それもそうか。じゃあこのあとのデザートだけとかにしとこう」

「……いいけど、なんか大げさだね？」

さて、ではいよいよ開封しよう。

手作り弁当がいかなるものなのか……いざ！

ぱかりと、満を持して蓋を開ける。

「おお……!!」

そこには、色とりどりのおかずが詰まっていた。

主菜を飾るのはミニステーキチキン。つけ合わせにブロッコリーとプチトマト。たけのこの土佐煮。中でも菜の花入りの卵焼きが、彩り鮮やかで目を引いた。

美味(うま)そう。シンプルにそう思った。なんだか小さくまとめられた食卓という感じで実に面白い。

しかしなにより、ご飯スペースに俺を震撼させるものが、そこにはあった。

「こ、このご飯の上のピンクの粒は……まさか伝説の……！」

「そうです！　桜でんぶのアレを!!　ユッキーにお願いしました！」

○

ユッキーにお弁当作戦をさせるにはどうすればいいのか。あたしは考えた。カノンちゃんとしてはここで一気にお近づきになりたい！　だって見てるだけで目が幸せになる級美少女のあの弥勒院由槻ちゃんと、恋バナができるチャンスなんてこれを逃がしたら二度と無い！

でも早まっちゃいけない。

最後のひと工夫。って言っても、包丁握ったことすら無い子にできることってほぼ無いんだよね。

料理経験無い子にてきとーなこと言って、惨劇を起こしたことがある。『親子丼なんて材料どばって入れて煮て卵入れるだけだよ』って言ったら、最初から卵まで全部入れて火にかけて生肉入り焦げ卵ができあがった。

あの時あたしは悟ったのだ。未経験者に教える時は細心の注意が必要だと。

だから、教えなくても失敗しても大変なことにならないことだけお願いすることにした。

「あたし、あれ見てみたいんだ。ご飯の上のハートマーク！」

「ご飯の……？」

「あれっ、知らない？　お弁当イベントの由緒ある古典だよ。こう、詰めたご飯の上にね、桜でんぶでハートを描くの」

指でハートを描きつつ言うと、ユッキーは目を見開いた。

「あくまでこちらの意志を明文化せず求愛のシグナルを送ることで向こうからのアクションを促すということね！　画期的なアイデアだわ楓音さん！」

「…………お、おう！」

なに言ってるかわかんないけど乗り気みたいだからうなずいとこう！

○

俺は信じられない気持ちで弁当を見ていた。

漫画くらいでしか見たことない。白米の上にピンク色のつぶつぶで図形を描く、あの手法で、書かれていた。

「数式が書いてある弁当って初めて見た」

「ぺえっ!?」

変な声を出して楓音が弁当をのぞき込む。

$$x^2 - |x|y + y^2 = 1$$

白米の上でピンク色が彩るのは、そんな数式だった。

「『綺麗なハートマークを描け』って言われたから、単純だけど美しさを追求したわ」

ドヤァ、と胸を張って言っている。もちろん由槻。

「ああああちがう！　合ってるんだろうけどちがうよユッキー！」

「楓音さんはこれより綺麗な数式を思いついてるってこと？」

「数式から離れようってことだよ！　っていうか、これがハートマークってどういうこと!?」

「直交座標のグラフでこの数式のとおりの線を描くと、ハートマークができるの。ほら」

と、スマホアプリで数式を読み取って見せる由槻。

書かれた数式に従って、スマホ画面がグラフを描画した。そこにはたしかに直交座標上に浮かんだ綺麗なハートマークがある。

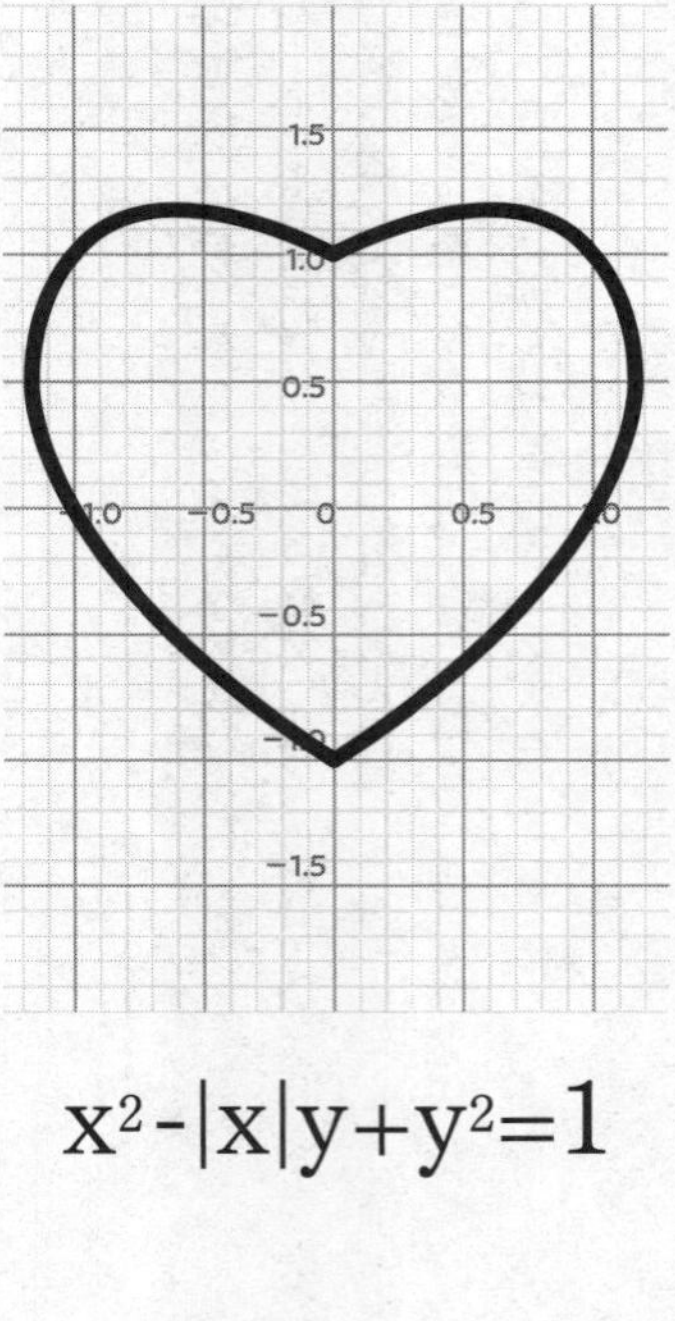

$$x^2-|x|y+y^2=1$$

「どうしてわざわざ数式にするかな⁉」

「私が描画するより数式にしたほうが美しいし間違いが無いでしょ？」

「それが間違いだよ！」

「そんな……‼」

なにやら揉め始めるふたり。

「まあいいだろ。弁当は弁当なんだから。いただきます」

ほっといて食べることにした。

うん、見た目どおり美味い。

食べ始めた俺の前で、ふたりはまだ言い合いを続けている。

「ユッキーはさあ、滑り出し順調だったのにどうしてそういうことやっちゃうの？　照れてる？」

「て、照れてないです」

「敬語出た。やっぱり照れたんでしょ」

「だから、私は合理的に最も美しいハートマークを描く方法を考えて……」

……手作りお弁当で籠絡されたの、むしろ由槻本人なのでは？　しかも楓音相手に。

そんなことを思いつつも、俺は今回ちょっと先手を取られたことが悔しかった。

世の中の勝負はほとんどが先手有利。そして、ターン制バトルじゃない現実世界では自ら率先して攻勢に出なければいけない。実際ちょっと嬉しいのでリードされた感が強い。

くっ、こんなグラフのハートマークなんかに、絶対負けないからな！

「梓くん」

「なんだよ？」

決意を固める俺に、由槻が話しかけてくる。

彼女は箸をつけた弁当と俺の顔を交互に見つめて、訊ねてきた。

「美味しいかしら？」

「……不本意だが、うまいよ」

「そう。ほんの一部分だけでも作った甲斐があったわ。私も人に渡したいって思ったの、初めてだから……一緒に食べると、美味しい」

由槻は手元のお弁当に目を落として珍しく素直なことを言った。

「っ——そう、だな」

不覚にも、ちょっと胸が高鳴った。

「ふたりともカノンちゃんのお弁当そんなに気に入ってくれちゃったかー。照れますな～」

「実際よくできてる」

「すごく綺麗だと思うわ。器用なのね、楓音さん」

「えっ、あの……いや大したものじゃありませんよ～。えへへ～」

小さい体をさらに小さく折り畳み始めた楓音。

俺と由槻はそんな楓音のお弁当を米粒ひとつ残さず完食した。

恋習問題 その2

「恋する図形の方程式」まとめ

ハートの方程式

グラフで絵を描く文化は世界中に広がっています。PCが普及すると複雑なグラフも楽に描けて、ガ●ダムやオバ●大統領も数式化されました。

おっぱいを描く数式が登場したライトノベルもあるらしいです。

$$x^2-|x|y+y^2=1$$

メルセンヌ・ツイスター

高品質な疑似乱数を高速に生成できる、日本人考案の優れた乱数生成器。623次元に均等分布する。メルセンヌ・ツイスターの乱数列に従えば、バイアスに惑わされないので、コイントスの表と裏を当てに行くときにも使えます。

名前が格好良いから使いたくなる無駄知識のひとつです。

まとめ

- ◆料理は愛情!
- ◆ハートマークは手描きしよう!

恋習問題 その3 「恋する人の最適交渉間隔」

恋愛もまた、勉強とやり方は同じだと思う。

学校で教わるときにはなにがある？　教師・教科書・勉強時間・他の生徒(ライバル)だ。

教科書はいちおうある。

勉強時間は、まあ委員会室でいつでも会えるので、ある。

他の生徒(ライバル)は、由槻(ゆうづき)に告白するやつはいないにせよ、実は人気があるのでいちおうありだ。

つまり必要なのは、教師だ。それだけが、無い。

「そういうわけなんですけど、どう思いますかね。女の子を——というか由槻を攻略するにはどうしたらいいのか、とか分かりますか？」

いちおう敬語で問いかけると、対面するその人はぽかんと口を開けていた。

しかし、すぐに目つきを真剣なものにして、腕組みしながらうなずく。

「エリートの久遠寺(くおんじ)くんなんかが、わたしともあろう人に相談とは驚きましたが……恋愛相談ですか。それならありえる話ですね」

「……最初のは間違えたんだよな？」

委員会室の応接セットで対面しているのは、大人の女性だった。

百地彩霞。金髪のロングヘアに、タンクトップと作業服といういかにも肉体労働派の用務員な格好をしていて、遠目にはヤンキーの作業員みたいに見える。実際のところは荒っぽいところも特に無く、主な仕事は用務員。そして——由槻の付き人である。

なんでもその昔、自分が留学したいタイミングと由槻が海外に行くタイミングがばっちり嚙み合って、付き人めいた生活をするならという条件で弥勒院家に雇ってもらったのだとか。バイトしながら学生生活するようなもんだと思って引き受けて、なんかそのままズルズル雇われ続けちゃってる……とは本人の弁。

天才ゆえにトラブルや唐突な要求も多い由槻の指示に対応すべく、瑛銘学院に出入りできるよう用務員として雇われている。

実際、監査委員会がサーバールームを設置する時は、業者と一緒に機材の設置や搬入をこなしていた。

この学校でもっとも由槻に詳しい人間だ。由槻を俺に惚れさせたい。という目的を叶えるために協力を得るなら、これ以上の人材はいないだろう。

もともと俺ともいくらかは面識があったので、委員会室に呼び出して話をしたところだ。

彩霞さんは付き人ではあるがお目付役ではない。これくらいの頼みごとはできる相手だ。

「ふっふっふ、そういうことならお姉さんが協力するのもやぶさかではありません。まずは赤裸々な甘酸っぱい体験を、イチからぜぇんぶお姉さんに話してみてください！　あ、録音してもいいですか晩酌のときある意味肴にできちゃうかもなんってＨＡＨＡＨＡ!!」

「仕事さぼってサーバールームで昼寝してるのバラしますよ」

「やめてくださいお願いします！　なんでもしますので!!」

即土下座だった。

これくらいの頼みごとはできるくらい、弱みをたっぷり握ってる相手だ。

しかし土下座るの早すぎないかプライドとか無いのかこの人。……無さそう。

「それなら、あの由槻を口説き落とすために、協力してください」

俺が言うと、金髪の裏切り者が膝をついて体を起こした。胸に手を当ててポーズを取る。

「お任せを。『彩霞衆のモモ』とお呼びください」

「なんでちょっとかっこ良く呼ばれようとしてるんだ彩霞衆総勢一名」

「あとうまくいったらお嬢さまが無茶振りしたとき助けてください」

「そっちが本命？」

「ＨＡＨＡＨＡ！　本命とかなんとか難しいこと考えてませんよ！　なんとこの世界、言うだけはタダなんです」

「俺が言って聞かせるくらいの無茶って、たとえば？」

訊ねると、真顔で遠くを見る目になって彩霞さんがつぶやいた。

「放射性物質集めるレベルのは、もうやりたくないです……」

名家の娘として生まれながら、目的のためには実力をもって挑む異端児の由槻だ。そんな彼女に必要なのは、本人を危険に突っ込んでいかせないための手下あるいは鉄砲玉である。

躊躇無く土下座ができるプライドの低さも、そういうアウトロー体験から来てるのかもしれない。

「ガイガーカウンターとヨウ素剤と被爆線量計装備したことありますか？　『計算ではレントゲン撮るより被曝量は低いわ』なんつって言われても、怖いものは怖いんですよ……」

「〝一将功成りて万骨枯る〟か……」

「イッショコ……？」

この主従、分かってない顔がわりと似てるかもしれない。

「『成功者の輝かしい功名の陰には、多くの犠牲者がいることが忘れられている』という意味です」

「へえ、物知りですねぇ」

その素直さをもうちょっと主に分けておいてほしい。

「たしかに見返りはあるべきだ。……約束します。由槻がすごい無茶言った時は味方します」

「ありがとうございます！」

にっこり笑って敬礼してから、彩霞さんはソファに戻る。

「さて、それではわたしはいまから久遠寺くんの恋愛顧問というワケですね。先生になんでも訊いてください。まあ、わたしは人生経験豊富ですからね？　エリートくんではできない、みたいな？　たくさんの？　いろいろな経験っていうか？　そういうの積んでますから」

ドヤァ、と胸を張られる。おかしいな。なんだかこういうの見たことある気がする。

わけ分からないことを自信満々に言う時の由槻とかと同じ感じだ。

「先生、まず呼称が安定しません。お姉さんなのか先生なのか彩霞衆なのか」

「そこはその時のノリでお願いします」

思ったとおりてきとーだった。そこはいい。

ドヤァ…

「では先生、彼氏いますか？」

「えっ⁉　なんですか⁉　はっ、もしかして先生を口説きたいんですか⁉　いけませんそんなエリートだからって簡単になびくと思ったら大間違いですよ！　わたしは安い女ではないんです焼き肉を奢られたりしない限りは！」

「叙○苑とか？」

「エリートくんが飲み放題って言うなら……」

安い安い。頬を赤らめるな。あとなんか変な文句にすんな。

「訊き方を変えます。先生、経験は豊富とのことですが、現在交際中の男性はいるということでよろしいでしょうか？」

「あっ、これ口説き文句じゃないですね就活を思い出しますよこの面接官的な質問」

「答えていただいてよろしいですか？」

三度くり返したところでようやく、彩霞さんは目をぎゅっと瞑って観念した。

「……い、いません。いまは」

「いま、というのはどれくらいの期間ですか？」

「……わりと……長く……」

「はぁーっ、面接は以上です。合否は後日メールしますので連絡をお待ちください」

「ＬＩＮＥは交換してもメールはしてないじゃないですか!!　分かりました年齢マウンティングやめますから勘弁してください！」

　涙目になってあっさり抵抗を諦める年上女性がいた。

「由槻もこれくらい分かりやすいやつだったら楽だったのにな……」

「へ？　いやいや、逆にチャンスじゃないですか」

　思わずこぼれたセリフに、きょとんとした目をして彩霞さんがそんなことを言う。

「なにが？」

「あれでお嬢さまは頑張って説明してくれます。それでもなお理解してくれる人が少ないので、寂しいんですよ。だから、久遠寺くんが話を聞いて分かってくれようとするだけで、すっごく嬉しそうですよ？　いつもきみの話ばっかりしてますから」

「え、は、え？　そ、そうなんですか？」

　まさかそんなことを言われるとは思っていなかったので、ちょっと動転してる。

「そうですよ。もっと自信を持ってください」

「……そう、だったのか」

　俺なんてあいつの話をただ聞いてるだけで、特に数学や科学で面白いことが言えるわけじゃなかった。たったそれだけで、喜んでくれるのか。

それに――由槻が、俺の話をしてるだって？

ピピッ、パシャ。

「――なんで写真撮ってるんだ先生」

なぜか彩霞さんがいつの間にか構えたスマホを俺に向けていた。

「幸せそうににやけてたんで、お嬢さまに送ってあげるんですよ。嬉しそうでしたよって」

「やめないと手芸部のアイロンで焼き肉したのバラす」

「援護射撃のつもりだったのに⁉ あれ調理室でやると匂いが取れないと思って気を遣ったんですよ⁉」

そもそも学校で焼き肉するな。

「あー、でもそんな話もしてるなら、彩霞さんに訊いたら分かるかな……」

ふと思いついたことをそのまま口から漏らしていると、

「なにをですか？ お姉さんに答えられることならなんでも教えてあげましょう！ ぶっ、ごふっ、げほっ……ズズッ――ぷっはー死ぬかと思った！ あ、お待たせしましたどうぞ！」

どんと来い！ と胸を叩いて咳き込んで〝タイム〟のハンドサインをしてお茶を飲んで

ふうっと息を吐いてから俺を見るお姉さん。ほんといちいち無駄が多いなこの人。

ともあれ、俺は息を呑んで慎重にその目を見返す。嘘をつかれたら分かるように。

「由槻のことなんですが」

「ええ」

「──デートに誘ったら、どれくらいの確率でＯＫしてもらえると思いますか」

俺の言葉に、彩霞さんはにっこり微笑んだ。

「四の五の言ってないでとっとと誘いに行ってくださいこの初恋エリート」

「は、初恋じゃないし！」

「チキン～、骨無しチキンのお客さまはおられますか～？」

俺に尻を向けてソファの背もたれの向こう側へと叫ぶ彩霞さん。このケツぶっ叩いてやりたい。

──というのが、お昼のことだった。


放課後、委員会室に入ると、病院めいた調度があった。

カーテンの衝立だ。俺の執務机の隣のスペースが見えないようになっている。まあつまり、由槻の机がある場所が、という意味だけど。

救急外来のベッドの間に立っているような間仕切りが、委員会室に出現しているのだ。

「……なんだこれ？」

思わずつぶやく。

シャッ、とカーテンが開いた。

「カーテンパーテーションよ」

シャッ、と閉じた。一瞬だけ顔を出して引っ込んだのは、由槻だった。

「いやなにやってんだお前？」

カーテンを開けて訊く。

「あっ、ちょっとダメよ。勝手に開けないで。測り直しじゃない」

すぐさまカーテンを閉める由槻。

なんなんだいったい？

首をかしげるが、ここで引いてはダメだ。俺がリードするんだ。もうちょっと突っ込んでいこう。

「なあ由槻、俺はお前の顔を見て話したいんだ」

さて反応はどうだ？

「ふふふ、それは私の見つけた理論が正しかったということよ」

また変なことを言い出していた。やっぱり難しいなこいつとのコミュニケーション！

「やっほーぅ、カノンちゃんがお仕事に来ったよー！　うわっ、なにこれ!?」

委員会室の扉が開く。楓音がいつもながら元気良く弾むような足取りで入ってきて、すぐに驚きの声を上げ駆け寄ってきた。

まあそうなるよな。

「カーテンパーテーションだそうだ」

肩をすくめて、由槻の執務机を囲んだ間仕切りを見る。

「いや名前は知んなかったけど見覚えはあるよ。なんでこんなのがあるのってこと」

楓音が口にする当然の疑問に、俺は答える術を持っていない。

というか世界の誰にも、ある日いきなり委員会室にカーテンが出現する理由なんて分からないだろう。やった本人を除いて。

「由槻に訊いてくれ」

「ユッキー？」

「開けちゃダメ」

カーテンを開ける楓音。すぐに閉じる由槻。だいたい予想どおりの流れが起きていた。

「えー、なんでー？　ユッキー？」

楓音が衝立の前で右往左往している。柵の向こうに行きたい犬みたいな動きだ。

だがカーテンは無情にも開かない。その代わり、返事だけがよこされた。

「梓くんと顔を合わせると、計算がやり直しになるの」

それを聞いて、楓音はこちらに振り返った。

「なんかやったの？」

「いや、なにも」

「よーく思い出してみて。おやつを勝手に食べちゃったとか、プリンに手を出したとか、湿気ちゃったからっておせんべい片付けちゃったとかなかった？」

「お母ちゃんとお菓子戦争してる以外のネタは思いつかないのかお前。そういう大事件があったらちゃんと覚えとくようにするよ」

委員会室のお菓子に手をつけるときは、楓音の物じゃないことをきちんと確認してからにしよう。そう心に決めた。

「むー、だったらなにがあったって言うの？　正直に吐くんだコゾー」

勝手に俺の椅子に座って衝立を指差す楓音。棒付きキャンディーを咥えて斜に構えてくるその姿は、たぶん尋問スタイルのつもりだろう。スタンドライトを俺に向けたりもしてくる。ちょっと鬱陶しい。

「心当たりならひとつだけある」

「それは？」

「由槻が〝理論〟って言い出したら、それが原因だ」

俺の答えに、楓音は眉をひそめて口を開けた。なにかを言い返そうとしたその動きは、しかし言葉が出ずに口を閉じるという結果に終わる。

そのまま2、3秒ほど考えてから、

「……友だちとしては助けてあげたいけど、反論できないカナー」

「なんだか私について不名誉な扱いをしてるわよね!?　陰口は禁止です！」

カーテン越しに由槻の抗議が飛んできた。

「聞こえるところで言ってるし悪口じゃなくて事実だ！」

「なら陰口じゃないわね」

大声で言い返すと、それで納得した。

いやしていいのか由槻？

「ねえ、結局なにが起きてるのか分かんないんだけど、ユッキーはなにがしたいのー？」

「分からない？　これは高度な恋の駆け引きなのよ」

「どこで聞いた駆け引きなんだ？」

「本に書いてあったわ」

それを聞いた瞬間、楓音が手を挙げた。

「分かった！　『つるの恩返し』！」

「俺は『天岩戸（あめのいわと）』だと思う。古事記にもそう書いてある」

岩戸――ではなく、カーテンが開く。

「普通の本です！　『押してダメなら引いてみる』という心理学に基づいたやり方よ！」

姿を現した由槻がむっとしている。

「それでなんでこうなったのか、さっぱりわかんない」

楓音が首を思いっきり傾けている。

なるほどたしかに、難問だ。

だが、それを聞いて俺は理解できた。

「……そいつは恋愛心理学の本にあった『私が実際に使った恋愛（モテ）テクアンケート12の実例』のやつだな、由槻？」

その答えに、鉄の瞳に動揺が奔（はし）る。

「なぜそれを知っているの、梓くん」

「簡単な話だ。俺も読んだのさ。お前がこの委員会室に置いていった参考図書をな。これでお前の付け焼き刃の手口には動揺しないぞ」

そう、俺はいつまでも後手に回る愚を犯さない。

由槻が倉庫から引っ張り出した本をすべて購入し、俺もまた同じ本の手管を知ることでサプライズ効果を無効化しておいたのだ。

彩霞さんとの会話でいちばん危なかったのは、俺の知らない情報をいきなり突きつけられたときだった。つまり、ファーストインパクトと同時に由槻の誘惑を受けることがもっとも警戒するべきことだった。

それさえ無ければ、由槻に惑わされることなんてもう無いはずだ。

だって変なやつだしな！

「……付け焼き刃でも、技術は技術よ。あとは伝聞のそれを実用に持っていけばいいだけ」

「ゲームでもっとも勝率が高くて簡単なのは、初心者の知らない方法で攻めること。いわゆる『わからん殺し』ってやつだ。知らなかったら危ない技でも、知ってさえいれば対処できるようになる」

「読んだだけで技術は使いこなせるものではないのよ。自分の使える形にしないとね」

「あのさー」

言い争う俺と由槻に、ポケットから取り出したキャラメルを頬張りつつ楓音が割り込む。

「ふたりがなに言ってるかやっぱりわかんないんだけどあたし」

「はあー、やれやれ。これだから不勉強なやつは」

「恋愛の才能はともかく、努力値はすでに私たちが一歩進んでるかもしれないわね」

「えっ、あたし？　あたしが悪いのいま？」

きょとんと目を丸くする楓音に、俺は机に腰掛けて答えた。

「由槻はな『積極的に押したあとはちょっと顔を合わせずにカレの気を引いてみよう』を実践してるんだ」

「……顔を合わせない、ためにこれ？」

カーテンパーテーションを指差す楓音。俺はうなずいた。

「そういうことだろ、由槻」

「ええ」

「そうなんだー……分かるかよー……」

楓音が遠い目をしている。

気持ちは分かる。だが顔さえ合わせなければいいわけじゃないとは書かれてなかったんだ。許してやってくれ。

「でも、いま顔を合わせてるのはいいのか？」

「データを集めないと数式を確かめられないでしょ。だからいいの」

カチッ、と首から提げたストップウォッチを押して、なにやらメモ帳に記録している由槻。美人がやるとなんでもサマになるので、敏腕マネージャーみたいに見える。

「数式？」

「『最適交渉間隔』のこと。まだテスト中だけど」

だが正直人と話すのに向いてないので、こいつにマネージャーとかさせたら絶対ヤバイ。

「よく分からないんだが……」

「仕方ないわね。ならテストを中断して説明してあげるわ」

衝立を押しのけて出てくる由槻。ホワイトボードに歩み寄ってマーカーを手に取る。

「じゃあ簡単に説明するわね。『押してダメなら引いてみる』というのは、結論をまず言うと『倦怠（けんたい）度』と『疎遠度』の和を最小にする最適化問題と見れば解けるものなの。直感的に分かりやすくすると、それぞれの効用をグラフにして、交点となるところが最適な交渉間隔よ」

E1＝a/x（aは定数、xは交渉間隔）
E2＝bx（bは定数、xは交渉間隔）

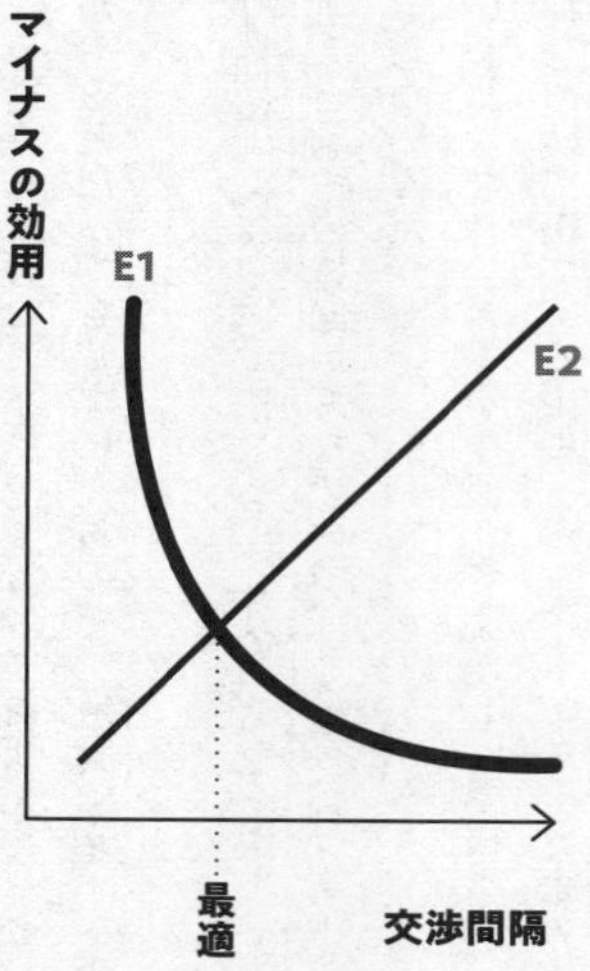

倦怠度：$E1=\frac{a}{x}$
疎遠度：$E2=bx$

よし、帰ろう。

一瞬でそんな顔になった楓音が、椅子に座ったまま床を蹴った反動で遠ざかっていった。

「おいハーマンミラーで遊ぶな。椅子代を来期の生徒会費に上乗せして請求するぞ」

「さすがに鬼すぎるよねそれ⁉」

慌てて椅子から降りて押して戻ってくる楓音。ちなみにハーマンミラーブランドのオフィスチェアは一脚で数十万円だ。

「要するにだ。毎日顔を合わせてると飽きて倦怠期になる。だけど、会わない時間が長すぎると親密になれない。その釣り合いが取れるちょうどいい時間を探ってるんだよこれは」

俺が要約すると、楓音はぽんと手を打った。

「『押してダメなら引いてみる』けど、引きっぱなしだと忘れられちゃうってこと？」

「よくできました」

軽い拍手を送っておく。

由槻も腕組みしてうんうんとうなずいていた。

それから、俺のほうを振り向いて言う。

「納得してもらえたところで、梓くんにもデータの提供をお願いしたいのだけれど」

「データって、なんの？」

心当たりは今度こそひとつも無い。

というかオリジナルな数式を作ってそれを使う前提で語っているので、こういうこと言い出した時に一発で理解できたことは一度も無い。

俺の疑問に、由槻は真顔で答えた。

「簡単に言うと『私と会っていないときに会いたくなる度数』ね」

「よく堂々と言えるなそんなこと!?」

「目安としては『会っていないときに私のことを考えた回数』とかでもいいわ」

「本当に人の話聞かないなお前!?」

「聞いてるわ。だから計測方法を教えてるのよ」

本気の顔で言っているから怖い。

「そんなもんバラせるわけないだろ！」

「ふ、私がこの理論を実用化するのが恐ろしいのね」

なぜそこで勝ち誇れるのか分からない。

「ねー、ユッキー」

と、椅子から降りた楓音が首をかしげながら言う。

「ユッキーは、そういうのあるの？」

「『そういうの』とはなにかしら？　具体的に言って」

「だから、会っていないときにアズくんと会いたくなったり、アズくんのことを考えたりするとか」

「それはもちろんあるわ」

言い切った。言い切りやがった。

「会わないと増えるんだよね？」

「そうね。やっぱり時間経過と比例的に増加する傾向があります」

「どんなこと考えるの？」

「えっと、たとえばこの数式もそうよね。最近は基本的にこういう数式を梓くんのために考えてるわけだから――」

「待ってくれ由槻！　プライベートな情報を吸い上げられてるぞ!!」

なんだか黙っていられなかった。正直俺ももうちょっと聞いてみたかったが楓音が目を輝かせながらぐいぐい行くので、早めに止めておかないといけない気がした。

勝負が不利になる。それに恥ずかしい。楓音が俺を見てニヤつくのもなんかムカつく。

いや待て落ち着け。これは既知の情報のはずだ。だって彩霞さんから聞いてるしな。俺のこと話してるって。

深呼吸。よし、大丈夫。

冷静になって考えれば、これはチャンスにもなる展開だ。

「いいか由槻よく聞け。数式は正しいかもしれないが、その使い方が間違ってるんだ」

「どういうこと？」

ちょっと不満そうにそう訊き返してくる。やっぱり乗ってきた。

「まずひとつ。衝立に隠れても『会わない』という状態にはカウントされない」

「そうなの？」

「そうとも。おい、審判。どうだ？」

「むむ……アズくんの異議を認めます！」

それは審判じゃなくて裁判。

まあややこしくなるのでほっとく。

「だからスクリーンは片付けとけ」

「……仕方ないわね。そうするわ。私もちょっと違和感があったし」

「違和感って？」

「『倦怠度』の傾きがすごく低かったの。べつに毎日あなたと会っても飽きたりしないから、時間単位で計算するか分単位にするかで迷って——」

「もうその数式はいい！　引っ込めろ！　楓音が死ぬほどウザい顔してやがるだろぉ!?」

自分でイレーサーを手に取って一気に消し去った。

すぐ隣できょとんとしている由槻に、咳払いをしてから向き直る。

落ち着け落ち着け。いいだろう。今日の俺はひと味違う。恋愛顧問からとあるミッションを授かっているからな。

「由槻、だけどな、この数式が利用できる方法もある」

「いま引っ込めろって言ったくせに」

あ、ちょっと拗ねてる。いかん。まずは機嫌を取ろう。

「悪かった。ただ俺は、使い方を間違えてるって言いたかったんだ。お前の言ったとおり、その……俺もお前に毎日会っても、倦怠度なんて少しも上がらないからな」

「…………は、恥ずかしい定数は禁止です！」

「その反応がもうちょっと早く欲しかった……」

思わず目を覆ってしまう。

いやまあ、気づいてくれたからいいとしとこう。由槻を一歩ずつ人間に近づけるしかない。

さて、いまから言うことこそ、人間にとっては小さな一歩だが由槻にとっては偉大な一歩となるはずだ。

「改めてだ由槻、この数式が使える状況があると言ったらどうする？」

「そういうのは早く言って欲しかったわ。なにかしら？」

「それは……」

「それは？」

デートだ。

簡単な話だ。毎日デートをする恋人はいない。だが、ずっとデートしない恋人は疎遠になっていく。

しかし、だ。辞書などでデートの意味を調べたことはあるだろうか。

デート

1．日付。

2．恋い慕う相手と日時を定めて会うこと。

これだと教条主義の由槻は絶対にアウト判定をしてくる。

だから俺は、別の理由を用意していた。

「仕事だよ」

「仕事？」

「明日はちょっと一緒に買い出しに行かないか？　いつも同じ仕事は正直言って飽きるけど、毎日やらないと腕が落ちる。だから、仕事内容をたまにまるきり違うものに変えてみるんだ。それが倦怠度と疎遠度のバランスにもなる」

「……なるほど、一理あるわね」

数式を盾に取った提案には素直な由槻だった。


昼の委員会室で、俺をチキン呼ばわりしたあと、彩霞さんは言った。

「そういえば私、午後に荷物の搬入があるんですよ。この部屋に」

「ここに？　彩霞さんに割り振られた仕事ってことはつまり……」

「はい、おそらくは。お嬢さまの仕業です」

「ってことは、なにかまた数式を語る気だな。今度はなにを言う気だ……？」

顎に手を当てて考える俺の目と鼻の先に、ずい、と彩霞さんの顔が現れた。

「うわっ⁉」

思わず遠ざかろうとした俺の肩を、彩霞さんの手が掴んで阻止してきた。なんだいった

い⁉

「それがリードされてる状態です！　いいですか、お嬢さまの話がどうあろうとも、久遠寺くんのやるべきことはひとつです。さっきあなたが言ったことを実行してください‼」

鼻先が触れ合ってしまいそうなほど近くから、真剣な面持ちの先生が力強く力説する。

いやそんなこと言われてもちょっといま頭が回らないんだが。

「え、えっと？」

「デートに誘うんです。どんなに変なことを言われても、最終的にそこへ行き着くように誘導してください。大丈夫、あなたはエリートですから！　それが恋愛顧問からのファーストミッションです！　いいですね‼」

「わ、分かった」

勢いに押されてうなずくと、いい笑顔を浮かべながら彩霞さんは体を離して額を拭う。

なぜか空を見上げるようなポーズだった。

「ふー、良い仕事しましたよ、お嬢さま……いい恋人ができたら性格が丸くなってお給料上げてくださいね……」

「欲望ダダ漏れにするのやめてくれよ……」

半信半疑だったが、認めざるを得ない。

良い仕事（アドバイス）だった。さすがに長年由槻の付き人をしているだけはある。

恋習問題 その3
「恋する人の最適交渉間隔」まとめ

最適交渉間隔

外交交渉なんかにも使われる理論です。今回は、『倦怠度』と『疎遠度』の和を最小にする最適化問題にしてみました。毎日顔を合わせていると飽きて倦怠するけれど、会わない時間が長すぎると親密になれない。じゃあどれくらいの頻度で会えばいいのか、その時間を探れます。

個人的には勉強やゲームの時間も当てはめてみると、飽きずに長く楽しめる数式です。飽きが早い人はたくさんのものを同時進行すれば飽きる暇もなくなるものです。

線形計画法

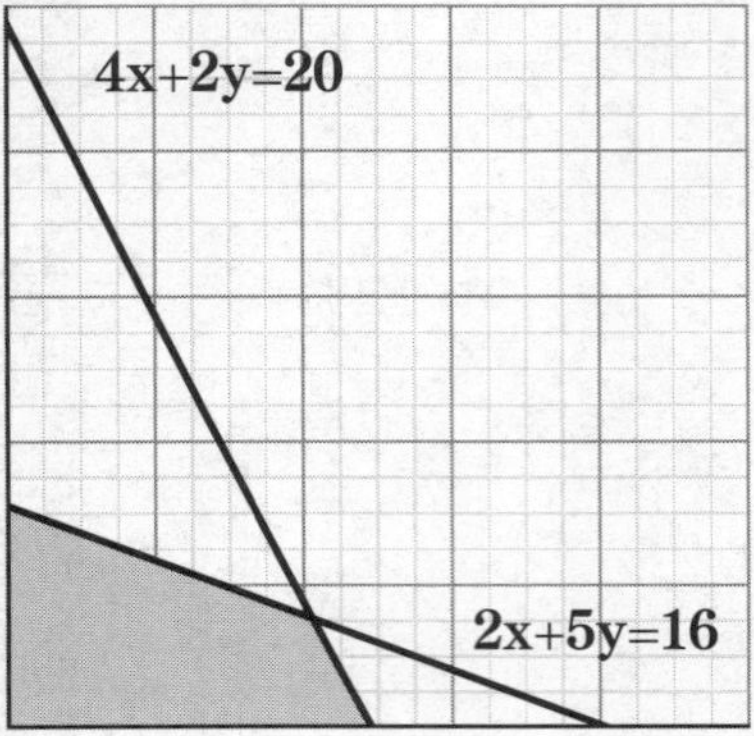

似たようなやり方にこんなのもあります。xとyのどちらかを増やすとどちらかが減っちゃうときに最大効率を求める方法です。

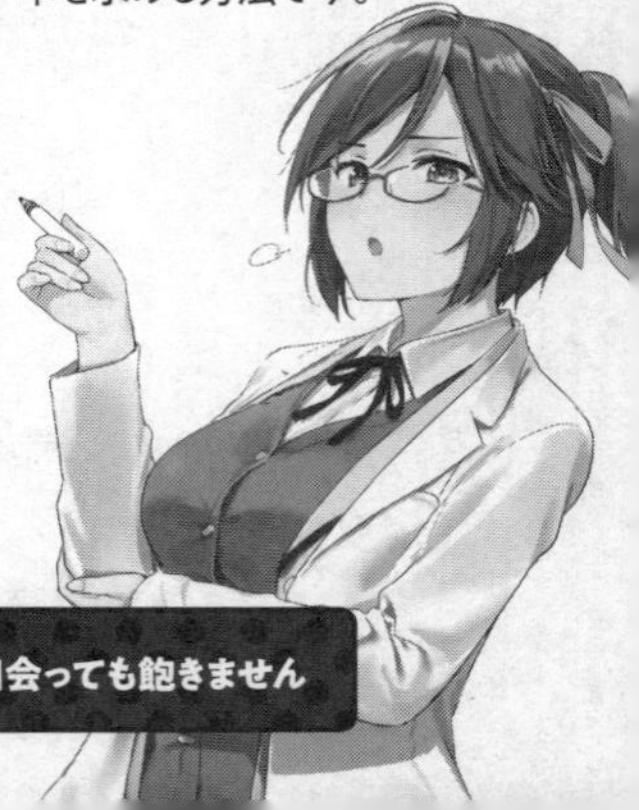

まとめ

◆この方法で私はデートに行きました　◆毎日会っても飽きません

恋習問題　その4　「恋と実験デート」

「せっかくだから要修正（マイナーリビジョン）にされた『恋人の逆関数』を実証しましょう」

由槻（ゆうづき）がそんな予想外の提案をしてきた。だいたいいつも俺の想定どおりのことはしてくれないということを忘れていた。

「お前まだあれ諦めてなかったのか」

委員会室でまたしてもホワイトボードに現れた数式を見て、俺はつい反射的にそう答えていた。

そんな俺の反応を見て、それから少し視線を別のところに飛ばし、硬直（フリーズ）する由槻。

「？　どうしたんだ」

「えっと。少し待って」

言い淀（よど）んだ由槻がぱたぱたと机に駆け寄り、そして戻ってきた。眼鏡をかけている。

「これでよし。では説明します」

「どうぞ」

眼鏡かけるとちょっとだけ大人っぽくなるな由槻。

「やることは簡単です。平日の放課後ではなくて休日のお昼に待ち合わせをします。それから、買い物をして帰——らない。まだ帰らないで、えーっと、お茶をして。それから映画に行って、食事をしてその日は夜遅くまで一緒に……？」

様子がおかしかった。

言ってることが要領を得ないし、なんか不自然だ。

目線がいちいち動くので、素早く背後を振り返る。

「——やっぱりか楓音（かのん）！」

「おっとぉ、見破られたか」

由槻がチラチラと俺の背後を見ていたのは、楓音の出していたカンペに頼っていたからだった。

カンペにしていたノートを閉じて、楓音は肩をすくめる。

「ユッキーに相談されたんだよう。普通のお店に買い物に行くのって何年かぶりだけど、レジはロボットがやってたりしないかって」

「そうなのか由槻？」

「だって反乱されたら怖いでしょう？」

なるほど、と建前上はうなずいておく。

「すごく頭の良さそうな顔ですごく頭が悪いこと言われた気分だ」

「ただの事実じゃんそれ」

「半分は冗談よ。反乱するほど賢いロボットって作れないはずだものね」

「全部冗談ならもっと良かったたな」

とはいえ、もっと気にしないとならないことはそこじゃない。

「何年も買い物に行ってないってのは本当なのか？」

「……ほぼまったく行ってないわ」

神妙にうなずく由槻。

「学校帰りとかコンビニに入ったりしないの？」

楓音がついでとばかりに追及している。由槻は首を横に振った。

「送迎は車だもの」

「じゃあ学校で使う物はどうしてるの？　ノートとかペンとか」

「購買で買ってるわ」

「服は？」

「ずっと買ってない」

「下着は？」

「家に仕立ての人が来る」

「サイズは？」

「はちじゅ――」

「止まれ楓音」

「あ痛っ！」

方向性がおかしくなっていたのを楓音の後頭部にチョップを落として修正する。うまい棒すら折れない程度の手刀に大げさな声を出す楓音だが、ストップはかかった。お調子者は引き際も弁えている。

「それで楓音に相談した……ってのはいいとして、逆関数が再登場したのはなんでだ？」

「そこはあたしも知らない。どうせなら文明に慣れたほうがいいから、日曜日にデートしてきなよって言ったらユッキーが怒ったの」

「怒った？」

「『デート』というのは2つの意味があるの。1．日付。2．恋い慕う相手と日時を定めて会うこと。――そんなの私から言ったら、告白したようなものよ」

「そんないちいち大げさって言ったんだけどね」

「ははは」

苦笑いしかできねえ。

「だから、これはデートではなく私の作戦だから無効ということを入念に説明したうえで、一緒に出かけてみたいなって思ったの」

「なるほどな。合理的な結論だ」

「あたしバカだからふたりの議論についていけない」

楓音が遠い目をしている。まあ瑛銘のトップツーの会話だからな。仕方のないことだ。

などと思っていると、楓音の目つきが鋭くなった。

「むーん……結局さ、アズくんとユッキーは甘いんじゃないかな？」

と、チョコレートを取り出しつつ言う楓音。

「甘い？」

「そ、甘い。〝まいった〟を言わない限り負けないって、ちょっと甘いよ。それじゃあ決着はずっと先延ばしになっちゃう。だから、反則負けとかを決めるべきだよ」

「一理あるな……」

「でしょ？」

将棋でも〝まいった〟を言うことで決着がつく。しかし、それは玉が詰みになったときなどに言わされる。どう見ても負け、という状況が先にあっての発言だ。

「反則負けねぇ……」

うーん、と考え込む由槻。

その彼女の背後にある数式を見て、俺は閃いた。

「よし、じゃあそこの逆関数を使おう」

ホワイトボードを指差して告げると、ふたりは俺を見て首をかしげる。

「どういうこと？」

「たとえば俺と楓音がただ買い出しに行っても、恋愛感情は湧かないだろ」

「きみぃ、カノンちゃんの魅力を甘く見てないかい？」

いつものあぐらをやめて、肘掛けにもたれかかるように座ってモデルのように足を組む楓音。生足をきわどく剝き出しにするが、その笑顔はちょっと怒り成分が見える。もうちょっと演技がうまくならないと騙しきれない。まだまだだな。

「楓音は簡単に俺に落ちちゃうチョロい女じゃないだろ？」

「ん、そうだね。よろしい」

あっさり怒りは引っ込んだ。あとを引かないのが楓音の良いところだ。

「だけど、もしも恋人同士だったら、買い出しに行くのもデート気分であれこれ想定がちがうはずだ。『恋人をすれば恋に落ちる』っていうのは乱暴だけど、『恋人である』と『恋人でない』には行動にちがいが出るはずだ。だから、恋人らしいデートをしてみて、一般的なお出かけとはどういう違いがあるのかをチェックする。そこで、今後なにを反則にするか探ろう」

俺の説明をじっと聞いていた由槻を見る。

言われた内容を吟味しているのか、神妙な顔のまま微動だにしない。

「――どうだ？」

水を向けると、由槻が眼鏡を取ってうなずいた。

「いいと思います。サンプルを取って比較する、というのは悪くないですし」

「また敬語だ。照れてる？」

「照れてない」

茶々を入れてきた楓音をちょっと睨み付けてから、由槻は言った。

「デートを、しましょう」

「というわけで先生、アドバイスどおりにしたらなんとデートに行けることになったんです」

家に帰った俺は宿題をしつつ、彩霞さんにスマホで今日のことを報告していた。

『はっはっは。崇めてもらってかまいませんよ。当然の結果です。このわたしにかかればね!!』

顔を見なくてもドヤ顔が目に浮かぶような反応が返ってくる。ちゃんと結果を出しているのでそれはいいとして。

「じゃあステップ2なんだけど先生」

『はいなんですか？』

「デートの時ってなに話せばいいんですかね？」

『ぶフッ！　あははは!!　乙女みたいですよ久遠寺君あははは――』

通話を切った。

『用務員室のビールとジャーキーが無事に済むと思うな』

メッセージを送ると、コールがかかってきた。

少し待ってから、着信を承認する。

『食べないでくださーい！』

「笑わなければ」

『家飲み中なので約束はできませんが、努力はしまーす』

酒を飲みながら話してたらしい。

返事がめちゃくちゃ軽い。

『いつも話してるようなことでいいじゃないですか。シチュエーションをちょっと変えるだけでも、話題が変わるんじゃないですかね。知らないですけど』

「知らないのかよ」

『いやー、わたしも恋人がいらない枠なんですよねぇ』

「それは意外だ。綺麗(きれい)なのに」

『お嬢さまにエリートくんは酔っ払うとつけこんでくるって告げ口しますよー？』

「酔っ払い方も一緒に教えておいてくれ。つけこみやすくなる」

『わお、悪い男の子を発見しました』

ケラケラ笑い声交じりでそんな答えが返ってくる。

楽しんでるなら邪魔しちゃ悪いか。

「オッケー。晩酌の時間を邪魔してすみません。自分で考えて頑張るんで」

『ひとり酒なんで電話は大歓迎です！　大人になったら一緒に飲みましょうね、エリートくん！』

「楽しみにしときます」

通話を切って、宿題にシャープペンを突き立てて答えを書いていく。勉強をしつつも、頭の別のところでは由槻のことを考える。

普段は委員会の仕事の話とかが多い。もうちょっと特別な話とか聞けるだろうか。

いやいや落ち着け。ガッツき過ぎると引かれる。

そもそもだ、俺は別に手段として口説き落としたいんであって目的はちがう。特薦権ゲットしてサロンに行って、セレブになる。それが目的だ。

そしてついでに、あいつに勝ちたい。

彩霞さんは『いつもどおりで』なんて言っていたけど、目標があるなら計画を立てなければダメだ。こうやってうまくデートに誘い出せたのも、誘うという目標に向かうことを前もって決意していたおかげだ。

行動する前にまず目標を立てる。それが功を奏した。今回もそれに倣いたい。

今後のために、このデートで成功させるべきこと。それは、

「――よし、由槻の弱点を探そう」

由槻の弱みをさりげなく訊き出すことだ。

決まってしまえば気は楽になった。あいつはなにが苦手だろうか。これこそ俺の強みだ。たいていのことは要領良くオールラウンダーにこなせる。相手の強みは防ぎ、弱みには付け入る。

ふん、待っているがいい由槻。

いつも委員会室ではコーヒーを飲んでいるが、実は紅茶のほうが好きとかあるんじゃないだろうか？　彩霞さんに無茶振りしたくらいだ。実は面白い前科くらいあるんじゃないのか？

いろいろと想像したら楽しくなってきた。

――ピピピピッ！

「をっ!?」

スマホのアラーム音にびっくりして変な声が出た。勉強する時には1時間ごとにタイマーが鳴るようにセットしている。慌てて止めた。

「あ、あー……もうこんな時間だったのか……」

宿題はぜんぜん進んでなかった。

おかしいな。

土曜日の昼下がりに。ショッピングモールで。

余裕を持って15分ほど前に待ち合わせ場所に着くようにした。

ところで、デートの楽しみはいくつかある。

今回の大目標は『弱みを握ること』でいいわけだが、そのためには由槻の周辺情報なんかも知っておきたい。

つまり、そう——私服だ。

由槻がいったいどんな私服を着ているのか。それが今日のいちばん最初の楽しみだ。やっぱり名家の子女らしく清楚系だろうか。理系の制服チェック柄のシャツかもしれない。

それとも意外なところでゴスロリ系。

ちょっとだけワクワクしながら待ち合わせ場所に行った俺は、思わず息を呑んだ。

休日の昼下がり。人混みの中でも際立つその姿。弥勒院由槻は、

「学校の制服かよ——!!」

「白衣も着てます」

つまり普段と寸分違わぬ格好でやって来ていた。

「その……悪いとは言わないけど、もうちょっとTPOに即した感じのは無かったのか？」

衝撃からなんとか立ち直っておそるおそる訊ねると、由槻は無表情に答えた。

「ジャージと作業服と制服のうち、もっとも外出に適したものを選びました」

3本だけ立てられた指が示す三択は、どれも正解とは言いづらい。

いや放課後にちょっとカフェに寄るとかなら制服はありだと思うけど。学校からの帰りでもないのにお店で制服はちょっと非日常感が薄い。

「衣服がそんなにも大事ですか？」

「いやまあ……ちょっとだけ気になる」

「日時を決めて男女で出かければデートではないの？」

「シチュエーションもちょっと気にしてほしかった」

「そう」

由槻は納得しかねるといった顔でつぶやいた。

「本当に他に服は無かったのか？」

「すごく大きいTシャツとかならあります」

部屋着かなんかだなそれ。

「出かける時とかどうしてるんだ」

「出かけません。外に出ないといけない時は百地に頼みます」

「なるほど」

つまり強いて系統を挙げるなら、真性のインドア系だった。

いやまあ、もともと知ってたけど。俺が知りたいのはこういう弱点じゃないんだ。由槻を操りやすくしたり、彩霞さんみたいに脅しやすいネタがほしいんだ。

現状、由槻はいつもと変化無しで俺だけがいろいろ言ってる。まるで俺が期待しまくってたみたいじゃないか。そうじゃない。目標を思い出そう。

よし、とどうにか気を取り直して、提案する。

「じゃあまずは、服でも買いに行くか？」

「……そんなにダメだった？」

いつの間にか由槻がしゅんとしていた。

あれ、なんか追い詰めてないかこれ。

「えっと……由槻の制服が似合ってないとかじゃないんだ。ただほら、制服だと学校が分かるから誘拐されるかもしれないし。瑛銘は金持ち学校だからな。リスクマネジメントだよ」

「そういうことね。リスクマネジメントのためなら仕方ないわよね」

持ち直した。

「じゃあまずは服選びだな。行こう行こう」

行き先は決まった。

由槻を促すと、俺を見たままじっと固まっている。その視線は微妙に下向きだ。

「なんか付いてるか？」

脇腹や腕を見てみるが、特になんともない。このへんを見てたと思ったんだが。

「……いいえ、なんでもありません」

由槻が歩き出した。

なんなんだろうか。

◯

あたしはそのとき、遠くからユッキーを観察していた。

「うむ、ユッキーが制服で来るとはアズくんも予想外のはず。動揺しちゃったかなー」

言わずと知れたカノンちゃんは、最近とても楽しいことを始めちゃったふたりのあとを尾行しています。

いやこれは偶然なので仕方ないのです。偶然アズくんからデートの行き先を訊き出して、偶然あたしもショッピングに行きたくなった日と重なったから。

だってあたしは審判だって言ってたし、そういうことする権利はあると思うんだよね。

片や外部編入生にして学院首席。成り上がりと言われながらも名門令息のことごとくを下した下剋上の王者・久遠寺梓。

片や名門にして異端児。自動化で監査委員のほとんどをクビにした〝瑛銘学院のシンギュラリティ〟と揶揄される異次元の頭脳・弥勒院由槻。

そんなふたりが学校の外でなにをするつもりなのか、ふたりの勝負に首を突っ込まされたあたしには知る権利がある。あと今日暇だったし。飽きたらショッピングしよ。

ふたりは少し話してから、歩き出した。ユッキーの動きが鈍い。

「おやおや?」

目を凝らしてみると、異端児ちゃんの目はアズくんの手を見ている。

もしやあれは!

「手を繋ぎたがっている……?」

か　わ　い　い　!

「か　わ　い　い　！　ですね！　いやー、お嬢さまがあんなことするようになるとは思いませんでしたよ」

「ほ？」

唐突に話しかけられた。

いつの間にか、あたしの隣を大人の女の人が歩いていた。

なんだか見覚えある人だ。ジーンズにミリタリージャケット、それに野球帽。耳にはピアスが光るヤンキーみたいなお姉さんだけど、口調はていねいだった。ちょっとびっくりする。

「どうも、お嬢さまの付き人の百地彩霞です。お友だちの東山楓音さんですね」

「そうなんですか！　あ、思い出した。学校の用務員さんですよね！」

委員会室でも見たことがある人だった。

そういえばユッキーのそんな話も聞いたことある。

「そのとおりです。敬語じゃなくていいですよ、東山さん。話しやすい感じで」

「いいの？　じゃあ、あたしも。それに年下だし、呼び捨てでいいよ」

「すみません、わたしはこの方が話しやすいんですよ。いいですか？」

「う、そうなんだ」

ちょっと残念。あんまりなれなれしくしちゃダメなのかな。

「……あだ名、わたしにも付けてもらっていいですか？　お嬢さまみたいに」

小首をかしげながら、にっ、と笑って百地さんが言う。あ、ちがう。ほんとに敬語が話しやすいだけなんだ。

「いいよいいよー！　えっと……モモさんで！」

「ありがとうございます」

ひとしきり挨拶してから、あれって思う。

「付き人なのに、ユッキーと一緒にいないんですか？」

あたしの質問に、お姉さんは困った顔をした。

「うーん……実はですね、今日のわたしはお嬢さまの護衛なんです」

「護衛？　うっそー」

「ほんとです。必要ならスナイパーの銃弾をジャンプキャッチしに行きますよ！　とぉー
うってなもんですよ！」

百地さんが親指立てて言うので、あたしは信じた。

「か、かっこいい……！」

「ふっ、それほどでもありません。……いや実際、護衛とかわたしはできないんでせいぜ

い見張りなんですけどね」

「ええっ、信じたのに！」

「まあそれはいいんですよ。どっちにしろ、ぴったり横について護衛するのは今日はできないので」

ちらりと、遠くにいるふたりを横目で見るモモさん。

「それはもしかして……」

「そうです。お嬢さまが離れてろって言うので」

ウィンク付きで言うので、あたしにも分かった。

「ふたりっきりで回りたいんだねユッキー……!!」

すごい。思わず口を手で覆って声を抑えた。

普段はあんなにわけ分かんないことしか言ってないのに、いまはユッキーの気持ちが分かる。あたしにも分かるよユッキー！

「その様子だと、東山さんもウォッチング派みたいですね。安心しました」

「あ、分かった。モモさんはあたしが乱入しないように話しに来たの？」

見張りしてたら、尾行する女の子を見つけて押さえに回ったのかな。むむ、こんなに早く見つかっちゃうなんて。モモさんが優秀なのかあたしが尾行ヘタなのかな。

「それもありますが、もうひとつ理由があります」

「なになに？」

訊き返すと、年上のお姉さんがへちょりと唇を曲げた。

「……仕事とはいえ、デートするカップルをひとりでつけ回すのってきっついんですよ。一緒に回りませんか？」

あけすけなその言い方に、あたしは思わず笑ってしまった。なにを隠そう、同じような気持ちがほんの少しも無いとは言えないからだ。

「オッケー！　モモさんとあたしで、こっそりアズくんたちとWデートにしよう！」

「良かった。では、わたしについてきてください」

○

「服屋さんに制服で入って、怒られない……？」

アウトレットショップに誘導すると、謎の気後れを発生させた由槻が入店を渋っていた。

気持ちは分からないでもないので、安心させるためにあれこれと説得を試みる。

「ジャージと作業服よりは平気だろ。むしろ学生ならこれ以上の安パイは無い」

でも白衣はアウト。言わなくていいことは言わないけど。

「安心しろよ。オシャレのプロから見れば一般人なんてみんな短パンとタンクトップ着ただけの小学生に毛が生えたくらいのセンスだって」

「ただの短パンとタンクトップの中学生よねそれ」

「俺たちは靴下履いてるぶんひとつ上のオシャレ人間だよ」

「オシャレの閾値(いきち)ってそんなに低いの？　信じていいの？」

そんなやり取りの末に渋々ながら入店させた瞬間、店員が寄ってきた。

「いらっしゃいませ、なにかお探しですかー？」

由槻がビクリと震えたので、俺はそっと店員と彼女の間に割って入る。

「ちょっと相談しつつ見て回るんで、またあとでお願いします」

「分かりましたー。気軽にお申しつけくださいねー」

営業スマイルを浮かべて身を引いてくれたので、人の後ろに隠れた由槻を振り返る。

「なんかリクエストある？」

彼女は首を横に振った。

「……べつにいい。全部、あなたの好きにしていいわよ」

そういうこといきなり言うのやめてほしい。

「俺もファッションに詳しくないんだけどな……ま、ランウェイを歩くわけでもないし。あっちのマネキンのとかはどうだ？」

「そう。分かった。買ってくる」

「いきなりカードを出すな。せめて試着しような」

服を買う時って女の子が吟味するのをすごく耐え忍ぶ、みたいな展開がよくあるパターンだと思ってたんだが、由槻にそれは無いらしい。

理系の買い物は『目的を果たす物』を見つけて買うだけだから、条件に合うものを見つけたら決断がめっちゃ早い。たぶん由槻の中で服を買う条件がいま『制服以外の物』でしかないんだろう。

「すいませーん！」

とりあえず店員を呼んだ。

マネキンが着ていたひと揃(そろ)いを抱えて由槻は試着室に入る。

本人はサイズを合わせるだけのつもりだし、そんなにかからないだろうなー。

とか考えていたら、思ったより長い。

「梓くん、ちょっと来て」

いきなり試着室の中から呼びかけられた。

「なんだ、どうした？」

近寄って声をかけると、そっと細く扉が開いて由槻がほんの少しだけ顔を出した。

「これ、胸がきつくて入らなくて……他のでもいい？」

パツパツになってちょっと開いてる胸元を手で押さえた彼女がちらりと隙間から見えた。

「そこ俺に訊かないでくれ。サイズちがいとかあるかも。店員さん呼んでくる」

「お願いします」

◯

「おー、スムーズに試着に入りましたね。さすが久遠寺くんです」

「でも外に出てきて深呼吸してる。なんかあったねいアレは」

あたしは小さい双眼鏡。モモさんは単眼望遠鏡。ふたりから隠れてそれぞれの装備で監視中だった。

「なかなか良い滑り出しです。このあとはどうすると思いますか？　解説の、東山さん？」

「こちらカノンちゃんでーす。まずはですねー、ふたりは映画に行くと思います」

「ほう、どうして分かるんですか？」

「『恋人らしいデートの計画表』を作った時、一緒にやってたからでーす」

「お嬢さまがご迷惑おかけしますねぇ……」

「いやいやそれほどでも」

○

ちょっとトラブルはあったものの、私服を手に入れた由槻と俺は制服をコインロッカーに預けてデートを再開した。

「じゃあ行くか」

「ええ」

ようやく計画表に沿って進行させられる。最初の段階でいきなり躓くとは思わなかった。

しかし、その甲斐はあったと思う。

制服（&白衣）から私服にチェンジした由槻は、異彩さではなく美しさで目を引く美少女に変身を果たしていた。

すみれ色のブラウスに、真っ白なフレアスカート。女の子らしい春色を身にまとって白のサンダルで歩くその姿は、制服の硬さから一転して和らいだ雰囲気を作りだしている。

となれば、由槻の素材の良さは一級品。透明感のある白い肌と、手足の長いプロポーションによる立ち姿の綺麗さが際立って、道行く人のうち何人かが「おっ」とか「わ」という感嘆を上げてこっそり振り返るくらいには、器量の良さが発露している。

実際俺も半径１００メートル以内にこれ以上の美少女は見つけられない。

「ん？」

なんかいま視界の中に違和感があったような……。

「ちょっと、どこ見てるの？」

由槻が袖を引いてくる。

「ああ、ごめん。なんかだれかがいた気がしたんだ」

「〝だれか〟ならいくらでもいるでしょ。いちいち見なくてもそれくらい分かるわ」

「不特定多数じゃない〝だれか〟がいた気がした」

「そう」

わりとどうでも良さそうに言って、由槻は顔を前に向けた。

まあ、いまはデートのほうに集中するか。

メモを取り出して、委員会室で前もって相談した『恋人らしいデート』について確認する。

「最初はまず映画だったな。……なあ、由槻はなにか観(み)たいやつあるか？」

「なにが映画になってるかも分からないわ」

「じゃあたとえばどんな映画が良い？」

「科学的に正しい最終戦争(アルマゲドン)」

シンゴジラみたいでわくわくするなそれ。趣味がすげえ。

「そんな映画あったら俺も観てみたいけど、たぶん無理だ」

モールの中を歩いて映画フロアに向かう。

人の流れに乗って歩いているのだが、なぜかスムーズにいかない。というのも、由槻がフラフラと不規則に動くからだ。

「あ、あ、きゃっ」

子どもを避けようとして後ろから来る人にぶつかりそうになる。危なっかしい。

たぶんだけど買い物に行ったことがないだけじゃなく、人が多いところにも行ってないんじゃないかこいつ。

これは……手を繋ぐべきなのでは？

「あ、あー、由槻。人が多いから気をつけないと」

「そ、そうみたいね」

すでに冷や汗まで浮かべてうなずく由槻。

「だから、その……ほら、もっと俺を頼れ。せっかく一緒にいるんだから」

手を差し出す。

由槻は俺の顔を見上げて目を見開き、最後にこくんとうなずいた。

「そうね。お願いするわ梓くん」

そしてそのまま俺の手を素通りする。

あれ？

疑問に思っている間に、由槻は俺の背後に移動してシャツの裾をぎゅっと握った。

ここで注意。〝きゅっ〟ではなく〝ぎゅっ〟と握った。俺の首が軽く絞まりそう。

「い、行きましょう……‼」

「なんで真後ろなんだ由槻⁉」

「人混みの動きは流体力学的に表すことができるの。この位置が前方から流れてくる人混みの影響をもっとも小さくできる場所なの」

なるほど。川の中にある大きな石の陰に隠れる魚のポジションかこれ。

「さあ、早く誘導して」

「わ、分かった。じゃあゆっくり歩くからな」

シャツの胸のあたりをぎゅっと引っ張り返して首が絞まらないよう気をつけつつ、俺は歩みを再開した。

これは……デートの歩き方じゃない。盾とか護衛だ。

あれ、これ由槻は思ったよりずっと切羽詰まってるんじゃないか？

○

「なかなか甘酸っぱい雰囲気になりませんなー」

「おっと、あっちばかり見ていると危ないですよ東山さん」

「あ、ごめんなさい」

「いいんですよ。良ければ手を繋いでください。エスコートしますから」

「あ、ありがとう……」

○

足を止めると、後ろから頭突きされた。

「う？」

「着いたぞ由槻」

シアターの入り口で端の方に寄ってから呼びかけると、シャツにかかっていた荷重がなくなって由槻が隣に来る。

ちなみに自分で握りしめていたシャツの前部分はシワシワになっている。おそらく後ろもシワシワだろう。

「うっ」

おろしたての綺麗な服を着た由槻が、俺の横でビクついている。映画館は休日ということもあってかなり混雑していて、人混みはより密度が高い。

「カオス状態じゃないのこれ……？　サロゲート法で判定してからじゃないと中に入るのは危険よ梓くん……！」

「いやそういうことは無いと思う」

青ざめた顔で俺を振り返った由槻は、ちょっといっぱいいっぱいになってる気がする。膝まで震えている。

……ここまで調子悪そうだとさすがに可哀相だな。

「なあ由槻、今日はもうやめて帰るか？」

「えっ」

「もうお前ぶっ倒れそうだぞ。調子が悪いなら、また今度にした方がいい」

俺の言葉に、由槻はぎゅっと唇を引き結んで目を逸らした。

「あ、梓くんに迷惑かけるつもりじゃ……」

「迷惑とは言ってないだろ。そこ勘違いするなよ。ただ心配してるんだ。無理してるだろ」

「それは……してるけど……」

「だったら――」

帰った方が、と続けるつもりだった俺を、

「でも」

きっぱりと遮った由槻が、青ざめた顔のまま告げた。

「私は、才能の無いことでも努力する。限界を越えるって言ったわ。――あなたに恋をしてもらうためなら、限界を越えるって宣言したの。だから、頑張る」

冷や汗が浮いていた。

見るからに青ざめていて、足下がふらついている。

買ったばかりの鞄を掴む指には溺れているんじゃないかと思うくらい必死に力が籠めら

れていて、俺のシャツもしわくちゃにした。

ただ——その目だけが、光を爛と宿したまま衰えていない。

その熱意が全部、俺を恋に落とすことだけに向けられていると言う。

帰した方が絶対に良い。また今度、とか約束すればいい。

なのに、俺の口から〝やめろ〟と言うことが、どうしてもできなかった。

「…………なあ、由槻。お前、映画興味無いんだよな？」

「そうよ。けれど、あまり観ないからってだけで——」

「俺が勝手に決めていいか？」

「……どうぞ」

その提案に、由槻はちょっとだけうつむいて答えた。

「じゃあちょっと待っててくれ。チケット買ってくる」

◯

「おや、お嬢さまからメッセージです」

「なになに？　なんかすごくしんどそうだけど」

ユッキーをロビーの椅子に座らせて、アズくんがひとりでチケットを買いに行った直後のメッセージだった。

なんだか調子悪そうなユッキーが心配。

「『迎えの車を用意して』ってありますね……あれ？　まだ映画観てませんよね？」

「ちょっ、どういうこと？」

「うーん、電話してみましょう。久遠寺くんは券売機に並んでますよね。見張っておいてください」

「分かった」

と言っても、ここからアズくんはあんまし見えないんだけど。

モモさんが電話をかける。あたしは耳を澄ませて盗み聞きした。

おうよ、堂々たる盗み聞きだよ。言い訳しないよ。

心配だもん。

「もしもし、お嬢さまですか？　どうされたんですか、予定よりまだ早いようですが」

『予定は切り上げになると思う……。もういいの。人混みに、酔ってしまって……梓くんは〝一緒に映画を決める〟っていう計画表を放棄したわ。きっと、もう私の言うことは聞きたくないんだと思う……』

「はァ――？　短絡的すぎないですかね？」

『だって、ここまで私ひとつも恋人っぽいことできてなくて……中断が合理的な結論なのに、まだやりたいって言っちゃったから呆れられて……』

スマホから耳を離して、モモさんがつぶやく。

「こんな弱気なお嬢さま初めてですねー……」

「あ、アズくん戻ってきたよモモさん」

小声で囁くと、モモさんは慌ててスマホを耳に当て直した。

「いいですかお嬢さま。迎えの車はどうせ駐車場にいるからすぐです。どうしてもダメになってからでも、わたしが運びますから大丈夫。頑張りたいだけ頑張ってください！」

最後に励ましてから、通話は切れた。

「さて、どうなりますかね……」

「頑張れユッキー……！」

あたしとモモさんは目を見交わして観察に戻った。

○

チケットを買って戻ると、由槻はスマホをしまうところだった。

「由槻、大丈夫か？」

こちらに振り返った彼女は無言で小さくうなずいた。

座って休んで少しだけ回復したのか、さっきよりはマシな顔になっている。

「……さっきは、わがままを言ってごめんなさい」

「わがままって？」

なんのことを言っているのかちょっと分からない。だが、困惑する俺に説明すらせずに由槻は言った。

「ごめんなさい、梓くん。迎えの車はあるから、いつでも帰れるの。合理的に考えて、中止する方が賢い選択よね」

「えっ」

「実験については、楓音さんみたいな慣れている人に託したほうが良さそう。今日の予定を考えてくれたのも彼女だし、またなにか贈り物をして協力してもらいましょう」

「由槻、待ってくれ」

俺の制止を聞かず、由槻が立ち上がる。

背を向けて歩き出した。

「だから、今日はこれでおしまいに――」

「待てって！」

思わず、その手を握る。

ビクリと肩を震わせて、由槻が振り返った。

その目は、なにかを恐れるようにほんのわずかに揺らいでいた。

「さっきは俺が悪かった。由槻の覚悟も頑張りも知らないで、いきなり『帰るか？』なんて無神経だった」

「いいえ、あれが正しい判断よ」

「正しくてもダメだ。あれじゃあ俺は頑張ってない」

あれは誰にでもできる正しさだ。

だけど、すでに由槻は限界を越えるまで頑張っていた。

「俺たちには恋の才能が無いんだろ。だったら、由槻さえ良ければ俺にも頑張らせてくれ。お前を恋に落とすために。由槻が今日はまだ頑張れるって言うなら……俺はまだ、お前と一緒にいたい」

手を放さずにそう告げる。

恥ずかしいさもちろん。だけど、頑張るっていうのはこういうことだろ？

計算上では俺たちは1000人中1位になれるくらいに頑張らないと、エリートとは言えないんだ。だったらここで、このくらいはやらないとダメだ。

このデートの目的は〝恋人らしさを探ること〟だ。それなら頑張りきったあとの俺じゃないと、恋人らしいことなんてできない。

「でも、映画は……」

「興味無いんだろ？　だったら逆にいい。むしろ好都合だよ」

「えっ？」

由槻が驚きの声を上げる。

俺は買ってきたチケットを顔の横に構えて彼女に見せた。

「人気無い映画の、隅っこのエグゼクティブシート買ってきた。映画上映中はゆっくりくつろげるだろ。寝っててもいいから、その……一緒にいてくれ」

映画を観るためではなく、休むために使うのだ。

それも中央や見やすい位置ではなく、いちばんくつろげそうなところを狙い澄まして購入すれば、休日とはいえ人でごった返すこともない。

「休めなくてダメだったら帰っていい。休んだあとでもキツかったら、やっぱり帰っていい。でも俺は、由槻を帰さないためなら1000人中いちばんに活躍してみせる。だから

──ダメか？」

返事を待つ。

じっと俺の話を聞いていた由槻は、うつむいて、胸に手を当てて押し黙った。

検討中だろうか。

そのままの体勢で1分、2分──時間が過ぎる。

ダメだったか……？

さすがにそう思い始めて、

「分かったわ」

ようやく、由槻はうつむいたまま返事をしてくれた。

「休めるなら大丈夫よきっと。早く行きましょう」

きゅっと握り返された手が引っ張られる。

「おわっと」

足早に歩き出した由槻に引かれたのだ。慌てて俺は歩調を合わせる。

「いきなり元気になるなよ。びっくりした」

「別に元気になる分にはいいじゃない」

まあ、それはそうなんだけど。

「ねえ、ところでなんて映画にしたの？」

「『バタフライ・オブ・ザ・デッド』。時間遡行して襲ってくるゾンビの映画」

完全にB級映画で、ファミリー向けじゃないしマニアもわざわざ休日のクソ混雑した中をかき分けて見に来ない。ましてエグゼクティブシートで観る映画じゃない。

由槻は笑って言った。

「それはよく眠れそうね」

◯

「おおっ、入ってった入ってった！」

「くぅ〜、やっぱりわたしの勘は正しいんですよ！　久遠寺くんならやってくれると思ってました！」

「あ、でもどうする？　同じ映画に突撃するか、外で待つか」

「そうですね……では映画に行きますか。暗くなってから後ろのほうに入ればバレないと思いますし」

「わーい、ポップコーンとホットドッグ買ってくる！」

○

由槻は薄暗くてゆったりした空間に、大いに満足したようだった。カナルイヤホンをつけて耳栓代わりにして、膝にはレンタルのブランケットを置いて、映画が始まる前には目を閉じて寝てしまった。

映画を製作した人にごめんなさい。この子限界ぎりぎりだったんです。

せめて俺だけでも見るか……と血糊（ちのり）をつけただけの安上がりな特殊メイクのゾンビたちを眺める。しかしＢ級映画だけあって、予想どおりまったくつまらない。飽きたら由槻の寝顔を見る。このルーティンでいこう。

しかしやっぱりＢ級映画は飽きが早くて、映画が終わったことに気づいたのは会場の照明が点灯して由槻がそのまぶしさで目を覚ましてからだった。

「おはよう」

俺が言うと、由槻は少しまばたきをしてから、

「……おはようございます」

ちょっと目を逸（そ）らしぎみにして答えた。

「敬語だ。照れてる？」

「照れてないっ」

そっぽを向かれてしまう。まあ1時間半くらいずっと顔見てたからいまさらちょっと見られなくても平気だ。

「さて、それじゃあ――」

「いやー、なかなか良い感じのゾンビでしたね！」

「四次元空間でタイムマシンごとゾンビに特攻したのアツい!!」

デートの続きにかかろう。そう言おうとした俺のセリフが、聞き覚えのある声で遮られる。

「あれ、百地と楓音さん？」

由槻が立ち上がって騒ぐふたりを見つけた。

「はっ、見つかった！」

「百地はともかく、楓音さんまでいるなんて。ふたりでなにしてるの？」

結論だけ言おう。

デートはそこで終わりになった。

結局、予定していた『喫茶店で軽く会話する』というのは4人でやることになった。もうデートという感じではないが、由槻が回復してるのでよしとしよう。

由槻と俺、楓音と彩霞さんでそれぞれ分かれてテーブルにつくと、

「それでは、今日の総括をしましょう」

バサッ、と私服の上に白衣を着た由槻が宣言した。

「あの、お嬢さま。わたしたち遠くから見守るほうが良くないですかね？」

彩霞さんがそう提案してくれる。

だが、眼鏡をすちゃっと装備した由槻は当然のような顔でこう言った。

「せっかく客観的な評価を交えて話し合える機会を無駄にはできません」

「梓くん、キミの恋人を止めてください」

「いやまだ恋人じゃないんで」

「じゃあ今日の暫定恋人を止めてくださいよ！」

「元気になってくれて嬉しい」

「過保護すぎませんかね!?」

意見がなかなか合わなかった。

「やっぱり、準備が足りなかったのが反省点だと思うの」

由槻がメモを取りながらそんなことを言っている。

ちなみに、メモは全員書かされている。記憶が新鮮なうちに、要点となるところを可能な限り書き出してほしい。そう言われたのだ。

由槻の言葉に、彩霞さんが反応した。ペンをくるりと回して主を見る。

「だから言ったじゃないですか。お嬢さまは本当にその格好で行くんですかって」

「だ、だって服持ってなかったんだから仕方ないじゃないっ」

「せめてわたしのを貸しますって言ったのに。わたしはお嬢さまよりおっぱいおっきいから大丈夫ですよ」

マジか。

「フッ」

「うわっ！　なにするんだよ楓音」

ストローにストローの袋をかぶせて吹き矢のように飛ばしてきた同級生を睨む。が、彩霞さんの隣に座る楓音は、さっと庇うようにお嬢さまよりおっきいおっぱいに抱きついて俺をにらみ返した。

「いまこの柔らかいのをいやらしい目で見たでしょスケベ」

「そうなの梓くん？」

右隣からの視線が痛い。

「話題にされると注目するのは自然な成り行きだろ」

「いやらしいのは禁止よ」

「まあまあ、男の子だから仕方ないですよ」

本人が取りなしてくれて場が収まる。

いまは彩霞さんが女神に見えた。おっぱい大きいし。

「あたしは服よりアズくんのエスコートに問題があったと思うなぁ」

「なんだと」

「アズくんがもっとスマートに手を繋いであげるべきだったんだよ」

ポテトをパクつきながら言う楓音。

「俺はちゃんとそのつもりで手を差し出しただろ」

「いやいや、ちがう。ちがうね。あそこまでいってようやくじゃちがうね」

めちゃくちゃ偉そうに言う楓音。

「女の子はね、なかなか勇気出せないの。だから、男の子が察してすらーっとスマートに握ってもらうのがいいんだよ」

「楓音さん、それは実体験なの？」

由槻が訊ねる。

「……もちろんだよ？」

少し間があった。

ちょっと意外だった。楓音はたしかに人気者だが、浮いた噂はあんまり聞かない。むしろ男女隔てなく仲良しにやっているっていう話なんだが。

「お、それではわたしは高得点だったみたいですねー」

「そ、ソウダネ？」

にこやかに言う彩霞さんと、変な顔をする楓音。

こいつさては……彩霞さんのエスコートの話だないまの。なぜ見栄を張る。

「きゃ、客観的評価は出したからさ、ふたりはどうだったの？　今日のデート！」

話題を変える楓音。いつかまた追及しよう。

「俺はそうだな……まあ、少し想像力が足りなかったかな」

「想像力？」

楓音がおうむ返しに訊いてくる。

「由槻ならやらかすかも、っていう想定がいろいろ足りなかったってことさ」

「悪かったわよ……」

俺の感想に、由槻がそっぽを向いて暗いオーラを放ち始めた。

「いや、由槻は悪くないから！　自分から『買い物は数年ぶり』って言ってくれてたんだから、経験者の俺がもっと対策しとくべきだったよ！」

「そこは付き人としても反省点ですねー」

うんうんとうなずく彩霞さん。

「過保護なのモモさんもじゃない？」

「え？　そうですかね？」

「俺が自分の楽しみばっかり考えてたせいでもある。そういうことだ」

デートの前に由槻のシミュレーションをもっとちゃんと考えるべきだった。

俺は弱みを握ろうとかそういう変なことばっかり考えてた。

これは反省するべきだろう。

「そう、私との『デート』を、楽しみにしててくれたのね？」

「それは――」

いや待て、ここでうんとうなずいていいのか？

恋い慕う相手と日付を決めて会うことだ。これは実験。実験の前の準備段階で楽しみにしているなんて、恋に落ちたかのような発言をしていいものか。

「――映画なに観ようかって思ってたせいでな。俺も準備が足りなかったな」

「そう」

つまらなそうに言う由槻。

「ほほう、アズくん……」

指を組み合わせた楓音が身を乗り出して俺を見つめる。

「なんだよ？」

「ゾンビ映画の準備してたのかい？　――なんちゃって！」

くっだらねえ。

「ふふっ」

「「っ――!?」」

俺と楓音が三度見するものが、生まれた。

笑い声。

肩を震わせて顔を逸らす姿。

そんなことはおよそありえないだろうと思っていた人物が、それをしていたのだ。

「ゆ、由槻……？」

「ユッキー……まさか、わろてるん？」

「い、いいえ？」

口元をニヤつかせる由槻というスーパースペシャルレアな由槻が生まれていた。

うっそぉ、いまので？

「……そういえば、数学者って韻を踏んだジョークが好きな人多いよな」

「そうなの？　ユッキー、そうなの？」

楓音がさらに追及していくと、由槻は目を泳がせた。

「た、多少はそういう傾向も統計的に有意であると判定しても間違いとは言い切れないかもしれません」

「……今度、校外学習があるよね」

「そうですね」

「バンガローでガンバロー」

「……ふふっ」

中途半端に耐えようとしていたが、結局笑ってしまう由槻。

「わろてるやん！」

「笑ってないです……！」

「なんというか……わりと弱点だらけなんだな、由槻」

「へ、変な目で見るの禁止です！」


なんというか、最初から最後までうまくいかないデートだったが。

まあ、悪くはなかった。そう思う。


「でさ、ふたりとも反則行為とか決めるといってたのはどうするの？」

「「あっ」」

恋習問題 その5 「恋を見つけるドレイクの方程式」

反則行為の策定。

白衣の胸ポケットから指示棒をしゅぴっと取り出して伸ばした由槻が、パン、とホワイトボードに書いたその字を叩く。

「それでは、反則行為を決めましょう」

委員会室に入るなり、そんなことを言われた。

「あー、まー、そうなるよな」

週明け。デートから2日経って委員会室に現れた由槻は生き生きとしていた。

やっぱり根城に戻ったら強くなるなこいつ。

「最後ちょっとグダグダになっちゃったけど、そういうの決められるほどなんかあったっけ？」

「お嬢さま、わたしが学生の恋バナに混ざるのちょっとキツいんですが……」

部屋には楓音と作業服姿の彩霞さんがいる。

「まあ楽にしてください。お茶も紅茶もコーヒーもありますけど」

話しかけつつ鞄を下ろすと、彩霞さんはすくっと立ち上がった。

「自分で淹れますんで、場所だけ教えてください！　ついでにみなさんのも淹れますよ。なにがいいです？」

「コーヒーで」

俺はこの人が雑草取るのめんどくさがって除草剤を撒き散らして植木ごと枯らした過去を知っているので遠慮しない。

「あたしカフェオレ！」

「コーヒー。ブラック」

やがて飲み物が行き渡ると、由槻がふうとため息を吐いて切り出した。

「ふたりとも、私はあのデート体験で痛感したの」

「引きこもりと同じくらい雑魚メンタルなことですか？」

「オシャレ度が中学生並みなことかな？」

「梓くん、ふたりを黙らせて！」

「よーしよーし落ち着け。お前ほんと株が急落したな」

ともあれ、由槻の提案した議題は喫緊の問題でもある。

「反則行為か……たしか『恋人っぽいことをして恋愛要素を見つけ、それを反則にしよう』っていうことだったな」

「よく覚えてるね。あたし忘れてたよん」

「学院首席だからな」

「キメ顔がウザいなぁ」

楓音に茶々を入れられつつも、話を前に進める。

「でも、どうやって反則行為を決めるんだ？」

「説明するわ」

由槻がホワイトボードのロックを外してくるりと回した。裏面には、すでに説明に必要とおぼしきあれこれが記入してあった。

「準備万端かよ」

「待ちきれなかったんだよきっと」

「静かにして」

ロボットのように冷淡な声が俺と楓音を突き刺す。ただし、中身がポンコツなのを知っているのでなんか怖くない。

「イギリスの数学者ピーター・バッカスは『なぜ僕には彼女がいないのか』と題する論文を執筆したの。そこに使われたのが『ドレイクの方程式』よ」

$$N = R^* \times f_p \times n_e \times f_l \times f_i \times f_c \times L$$

パシ、と指示棒の先端が方程式をつつく。

「簡単に言うと、これはベイズ推定みたいなものよ。人口の増加率、女性の割合、自分の求める条件などの確率を掛け合わせていくだけ。簡単でしょう？」

「アズくん、簡単にして」

由槻が言い終わるなり楓音から横やりが入る。

「えーっと、たとえば今年彼女が欲しい高校生がいるとするだろ。それがこういう式になるってこと」


『女性の数』×『15歳〜25歳までの女性の割合』×『1年で出会える確率』＝『恋人候補の数』

ホワイトボードに書いていくと、彩霞さんが反応した。

「えー、お姉さん守備範囲内ですかー。困るなー」

「俺の脅しのネタはまだまだあるぞ」

「余計なこと言いません！」

　たとえばの話だって言ってるだろ。

「注目するべきは、発生する確率を掛けていくことで『恋人』の条件が整うこと。たとえば『手を繋ぐ』だけなら恋人じゃなくて友だちの可能性も高いままよね。だけど『手を繋ぐ』×『キスをする』×『愛を語り合う』＝『恋人』という確率は高くなります」

「照れてる？」

「照れてないわよっ」

　楓音のツッコミはともかく、由槻の言いたいことは分かった。

「要するに『恋人みたいな行為』が重複すればそれは『恋をしている』っていう確率が高いから、それを反則負けにする基準にしようってことか」

「そういうことよ。……ベン図で説明した方が早かったかしら」

「まあそのへんの反省は追々で」

「そうね。だからふたりには、『恋人らしさを感じる行為』のサンプルを思いつく限り挙げていってほしいの。分かった？」

由槻がそこまで説明すると、楓音が手を挙げた。

「はいっ！」

「東山(ひがしやま)楓音くん」

指名して促すと、楓音は起立して答えた。

「『ふたりにしか分からない話を楽しそうにする』です！」

「却下」

明らかにこの状況だけ狙い撃ちしてるだろそれ。

「この前のデート中にしたことだと実感もあるし分かりやすいのだけど」

由槻が言うと、楓音はせんべいをぱしんと袋ごと叩いて割った。

「手を繋ぎたがったところですね！」

「喫茶店でも言ってたけど、お前そこにこだわるね」

俺の指摘に楓音はふりふりと手を横に振る。

「いやだからね、アズくんが差し出したときじゃなくて、最初のとき」

「最初って？」

「ふたりが待ち合わせ場所で合流して、最初に歩き出した時だよ」

「……弥勒院(みろくいん)由槻くん、心当たりは？」

机に視線を落として顔を上げない由槻に質問を向けると、天才少女がか細い声で言った。

「……だって、デートは手を繋いだりするほうがそれっぽいから。実行しようとしたのよ」

「なるほど」

ホワイトボードに歩み寄って『手を繋ぐ（未遂）』と書く。

「『（未遂）』はいらないっしょ」

「ははは、分かってる。からかってるだけ。――痛ぁっ⁉」

指示棒が俺の頭を叩いた。

「いじめは禁止です」

「まー、そうですね。制服ではなく私服にしたのは、やっぱり放課後感が無くなって恋人感がありましたねー」

次に発言したのは、なんだかんだで参加してくれる彩霞さんである。

俺はホワイトボードに『私服』と書き加えた。

「由槻は？」

「……なんだかんだ言っても、服を一緒に見立ててくれたのはデートらしい感じだったわ」

「そうだったか？」

「そう」

本人が言うならいいか。『一緒に服を買う』も追加で。

『手を繋ぐ』『私服』『一緒に服を買う』『庇う』『袖を引く』『試着中に待機』『見てないところで深呼吸』『荷物を持ってあげる』『ナンパ男が寄らない』『気遣う』『行列は代わりに並ぶ』『喧嘩する』『すれ違う』『頑張る』『手を繋ぐ』『顔が赤くなると隠そうとする』『近くで寝ちゃう』『見守る』……etc
ホワイトボードに現れた語群は、とりとめも無くなってきた。

「こ、こんなことしてたの？」

「し、してな……し、して、た、かも？」

由槻の顔が見られない。

これはあれだ。その場の勢いでやったことってあとになって振り返るとたいてい後悔するって言うし。

楓音や彩霞さんだってたぶん叩けば埃(ほこり)がぶわっと出てくる。というか彩霞さんの埃は俺が死ぬほど収拾してあるし。

「いや、俺たちのは『デートを想定して行うデート』だったから。こういうことが起きるのも仕方ないから。不可抗力だから」

「………そうね！」

力強く同意が返ってきた。

よし、大丈夫。まだセーフの判定。

「有罪(ギルティ)～」「Boo!　Boo!!」

本場仕込みのブーイングやめろよ。

「うるさい。有罪かどうかはこれからだ」

「サンプルが私たちだけだと心許(こころもと)ないわね……楓音さん、百地(ももち)、あなたたちはなにか体験談とかないの？」

由槻がそんなことを言い出す。

「え？　えーっと、友だちの話とかじゃダメ？」

「もちろんいいわ」

「そうだねい……あ、たいてい『ふたりだけの呼び方』とか決めてるよね」

「あとは……ペアアイテムかな。ふたつでひと組みたいな小物とか、同じデザインのアクセサリーとか」

「なるほど」

由槻がこくこくうなずきながらメモをする。

「学校のイベントで同じ班になる……は友だちでも普通か。相性占いしてみたりとか？ あと、一緒にお菓子食べてくれる人もいいよね」

「ほうほう」

「手料理作ってあげるとか、ちょっとスキンシップもしてみたいな。あと――」

「なんか楓音の願望になってないか？」

「――あ」

ぷしゅ。と音が立ったかと錯覚するほど、瞬間的に赤くなる楓音。

「楓音さんはこういうのがいいのね……」

メモ帳を見てぼそりと由槻が言う。

「やめて～!!」

ソファの背もたれに顔を押しつけて叫ぶ楓音。

「いつもあなたが私にしてるじゃない」

「謝ります！　謝るから〜!!」

ひーん、と真っ赤になりながら由槻にすがりつく。なかなか珍しい光景だ。

と、俺の視線に気づいた楓音が眉を逆立てた。

「……み、見るなよう！」

「はいはい」

肩をすくめる。

「ちなみに彩霞さんは？」

火の粉が降りかかる前に大人の女性に話題を移す。

「へ？　うーんそうですねー……」

腕組みして考える彩霞さん。意外だ。てっきり『そんなもん興味ありませんよＨＡＨＡＨＡ！』とか言うかと思ったんだけど、

「やっぱり、お姫様抱っことかされてみたいですね！」

「輪をかけて乙女かよ!!」

驚きの乙女率だった。

「なんか女子会に紛れ込んだ気分だ」

「おっとアズくん、きみも言っちゃえば女子の仲間に入れてあげるぜい？」

顔の赤みが引かないままの楓音がそんなことを提案してくる。

「いやだ」

笑って断ると、楓音が唇を尖(とが)らせて睨(にら)んできた。

「ちょっと男子ー、なに聞いてんのよー」

「うわボス猿タイプの女子だ」

「寝たふりして盗み聞きしてるやつってサイテーだよねー！」

「教室で人に聞かれたくない話するなよ！」

なんで私物化してるそっちが正義みたいな顔してるんだ！

「しかし言い返せずにすごすご立ち去る男子……」

「っあー、よく寝た。よく寝たな。すっごい寝てたわー。うわ、みんないねえじゃん。俺もどっか行こー」

「あはははは!!」

彩霞さんがめっちゃ笑ってくれた。

いえーい、と楓音とハイタッチして寸劇終了。

ちなみになぜ俺がこんなにぼっち芸ができるかというと、そういう体験があるからだ。切ない。

「はー、東山さんと久遠寺くんって、仲良いですねー」

「俺は優秀だから敬遠されるけど、楓音は怖いもの知らずだから付き合えるんだよ」

「友だちはいっぱいいた方がいーじゃん！」

屈託無く言える楓音が羨ましい程度には、俺は人付き合いに気を遣ってるんだが。

「友だちなんていっぱいいても非効率よ。少ない友だちでも大事にすることが大切なのよ……」

由槻がホワイトボードに黄金螺旋を描きながらぶつぶつ言っていた。

「暗黒面に堕ちてるやつがいるからもうやめてやってくれ楓音」

力関係が安定しない集まりだな。

「あーほら由槻、一般的な恋人行為がそろそろ集まったんじゃないか？」

「……そうね。でもこれ全部を禁止事項に入れるのは非現実的なのよ。判定はもっとシンプルにするべきだと思うわ」

数歩ほどホワイトボードから離れた由槻が、意外にもまともなことを言う。

「そうだなぁ……」

様々な単語の羅列を見て、俺はふと思いつくものがあった。

「だったら、それぞれ近いもの同士で分類して共通項だけ抜き出すのは？」

「……たとえば？」

『手を繋ぐ』『頭を撫でる』これは行為。『一緒に登下校』『一緒にお祭りに行く』これらはイベントだ。それぞれ単体でやってたら特に関係性や感情を絞れるものじゃない。だから、『一緒にお祭りに行く』『手を繋ぐ』『頭を撫でる』これらが同時に起きたら、それは恋愛感情を示唆するものであるとする。……そんな感じだ」

「つまりベイズ推定における『事後確率』で尤度を計算していくのね。それならわかりやすいわ」

$$P(X|Y) = \{P(Y|X)P(X)\}/P(Y)$$

「アズくんのほうが分かりやすいのでは……」

「いいから」

「んー、なるほど。面白いこと考えるわねこれ」

由槻が感心したように言う。

「なにが？」

が、俺は別になにか面白いことを考えた覚えはない。ただ単に由槻を言いくるめてまともにコミュニケーションできる状態にしたいだけだ。

「いい？　たとえば3アウト制にするとして、『一緒にイベント』×『手を繋ぐ』×『頭を撫でる』までがあるでしょう？　この場合、『一緒にイベント』はどちらが提案してもお互いに1アウトになるということ。すると……相手を追い詰めるためには、自分も危険を背負わなければならない。チキンゲームが成立するのよ！」

「リスクとリターンがつり合うってことか。なるほどな」

「どうやって追い詰めるのか、共通の行為と一方にだけカウントされる行為で戦略的に分けて組み合わせを考えられるわ。そういうことね……！」

わりと勝手に盛り上がってくれていた。

ともあれ、まあ由槻が調子を取り戻してくれてなによりだ。

「よし、じゃあ反則行為は暫定それでいいか。3アウト制。恋人に類する行為をすること」

「問題無いわ。これからあなたを戦略的に負かしてみせます」

由槻との勝負はこれでルールが刷新された。

新しい局面を迎えられる。……と、いいんだが。

「あ、ねえ話が終わったらお仕事してよー」

「分かってるよ」

楓音に言われて、俺と由槻は机に戻る。

「でも珍しいな。楓音が真面目なこと言うなんて」

「だってもうすぐ校外学習じゃーん。学校から離れてる間はお仕事できないもん。帰ってきたら大変だよ」

「校外学習……そういえばそうだな」

おあつらえ向きな『イベント』があるじゃないか。

そこでやろう。

恋習問題 その5

「恋を見つけるドレイクの方程式」まとめ

ドレイクの方程式

$$N = R^* \times f_p \times n_e \times f_l \times f_i \times f_c \times L$$

N：銀河系の中にある星間通信が可能な地球外文明の数

R^*：銀河系の中で１年間に誕生する星の数

f_p：誕生した星が惑星を持つ確率

n_e：生命が存在できる環境を備えた惑星の数

f_l：生存に適した惑星上で生命が発生する確率

f_i：発生した生命が知性を持つ確率

f_c：進化した生命が高度な技術文明を発生させる確率

L：技術文明が実際に通信を送ることが可能な年数

宇宙人がいるか知りたい人が考えた数式です。途中は省いて結論だけ言うと「いる」と考えました。京都大学の教授は『N=100』としています。つまり「いる」派。宇宙人を信じる人はいっぱいいます。

「なぜ僕には彼女がいないのか？」

この論文を書いたピーター・バッカス氏は理想の女性に会う確率を『0.0000034%』と発表しました。宇宙人と会う確率の100倍です。論文発表後、恋人ができました。

『女性の数』×
『15歳〜25歳までの女性の割合』×
『1年で出会える確率』=『恋人候補の数』

まとめ

◆ピーター爆発して！　◆論文を書くと恋人ができる！

恋習問題 その6 「恋とぼっちの定理」

林間学習。

19世紀中頃のヨーロッパでは、長期休暇中に虚弱児童を自然が豊かな場所へと引率して、数週間の生活を送らせることにより健康の増進を図る処置が活発となった。その文化が20世紀初めごろ近代教育の導入を図る日本にまで渡り、教育文化の一環となったのだという。

中高一貫の瑛銘(えいめい)学院では、生徒同士の交流は中学生時代からほとんど固定されている。いまさら生徒間の交流イベントにことさら気を遣う必要も無いとは思うが、わずかながらも存在する外部編入生を理由にそのイベントは廃止されずに残っていた。

大自然の中で豊かな精神を育み、また都会の喧噪(けんそう)を離れて静かな森林の中で普段の自分の生活や文明を見直すという目的が学校側にはある。

生徒の口から語らせれば、

「要はキャンプ合宿だよねっ」

これである。

相変わらずの委員会室で、今日も上がってくる会計書類に人間の目でダブルチェックを通している。

「旅のしおり読んだか？　宿泊施設はちゃんとあるし、大自然の中って言っても電気ガス水道電波ライフライン完備だ。キャンプってほどじゃない。せいぜいグランピングだろ」

さすがに金持ち学校だ。至れり尽くせりの林間である。

楓音（かのん）はそんなの百も承知という顔をする。

「でもいいじゃん！　都会の喧噪を離れて長閑（のどか）な自然の中に――遊びに行くんだよ？」

「学習に行くんだよ」

少なくとも学校の建前ではそうなってる。

「ふっふふん、あたしは家が農家だもん。自然は慣れたもんだよ」

「山の食い物が無くなって町に降りて来ちゃったのか？」

「猪（いのしし）扱いやめてよう。それにあれ、増えすぎると降りてくるだけだから、環境破壊より猟師不足が原因だよ」

「さすが農民」

言われてみれば過疎過疎言われてる土地でなんで環境破壊が起きるのかって話だよな。

人より動物のほうが増えたから、食い物を奪われてるのか。

弱肉強食じゃないか。むしろ人間が自然に組み込まれた結果だなそれ。

「うちの畑もやられちゃって、被害が何百万とかそういうの小さい頃から聞いてるもん」

「じゃ、校外学習で野生動物に遭ったら楓音に頼もう」

「うーん、あたし社長令嬢だからなー……地元の人にお願いした方がいいと思う」

「どんな子どもでも家業に関してだと真面目なこと言うよな……」

見るからにヤンキーの土建業者の息子でも現場の話は安全対策(ヘルメット)から入るみたいな。

「親から最初に言われるのは『近づくな』だもん。染みついちゃってるんだよ」

さて、俺たちがそんな四方山話(よもやまばなし)をしていても、由槻(ゆうづき)がひと言も科学のネタで食いついてこないことだってもちろんある。

いまがまさにそうだ。

由槻は自分の執務机で紙とにらめっこしている。

委員会室で由槻がやることはだいたい3つに分けられる。
1．紙に数式を書いている。
これは数学の研究であって、監査委員会の活動にはひとかけらも関係無い。関係無いのだが、監査委員会が導入しているシステムは由槻の手によるものなので文句を言えるやつはいない。

数学のことを考えている由槻はだいたい映画の変態科学者みたいなものだ。

冷めた顔でじっと動かずに天井とか空中とかを見つめ続け、ある時に動き出して紙に数式をガリガリと書き出し始める。

ＰＣを使いこなす由槻だが、なぜか数式については手書きなのだ。あと本も電子より紙が好きらしい。ペーパーレス化が進む瑛銘の書類仕事は、なぜかやりづらそうだ。

効率化が進むことでもっとも仕事ができる人間の効率が落ちるというのは、皮肉な話だ。

ともあれ、それが由槻の委員会室の使い方その1だ。
２．ＰＣになにかを打ち込んでいる。
例によって仕事してるのかそれとも私事なのかさっぱり分からない。

英語でなにか書いてる時もあった。なんとなく知り合いに向けたような英文だったが、人のＰＣをじっくりと覗（のぞ）きこむ趣味は無いのでよくは知らない。

システムの改修もちょくちょくしているとか言っている。
３．俺たちに変な理論を説明する。
これは最近できたルーティンだ。

たまに失敗作もあるみたいで、ホワイトボードになにかを書いていたと思ったら首を振って全部消して机に戻るみたいなこともある。

長くなったが、由槻の行動パターンはだいたいこの３つ。

３つのうち無言かつ無音なのは、１つめの数式を考えている間に虚空を見つめる状態の時だけだ。

しかし、いまの由槻はそういう時の次元を越えて別宇宙まで飛んでいるような目をしていない。

死んだ魚みたいな目でただぼうっとしているだけだった。

それも、すごくシンプルな理由だ。

「行きたくない……」

これである。

登下校は車の送迎。授業はたまにしか出ないし体育は当然のようにサボる。由槻が持つ日本人形並みに真っ白な肌は、日差しを浴びてないせいだ。

そんなインドア派の標本みたいな由槻であれば、林間学習の本来の姿がむしろ戻ってくる。

虚弱児を、鍛え上げるのだ。

だが虚弱児側からすれば、健康になるというのは生きるか死ぬかのイベントに他ならない。生き残れば健康になる。ダメなら死ぬ。

シンプルな弱肉強食の世界が、由槻に忍び寄っていた。

「なんというか、大自然に放り込んだら真っ先に死にそうだよな由槻」

「人混みもダメで大自然もダメならどこで生きるの？」

俺と楓音の素朴な感想。

「頂点で生きるのよ。ピラミッドを積み上げるのは大勢の奴隷でも、その中で安らかに眠るのはたったひとりの王(ファラオ)だもの」

暗い目をしたまま、暗い声で答えてくる由槻。

「その変にしっくりくるたとえかた準備してたんじゃないだろうな」

「そんな面倒なことするわけないでしょう……」

そりゃそうだ。落ち込んでる時は特に。

もしかして落ち込んでたほうが人と喋(しゃべ)りやすいんじゃないか由槻。

「林間学習はサボろうかしら……」

「えっ、待ってくれよ。せっかくのイベントだぞイベント」

俺が言うと、由槻は超次元な目つきをやめてはたと俺に焦点を合わせた。

「あなたこういうのはしゃぐタイプだった？」

「そうじゃない。由槻、学校の『イベント』だ。お前は危険を冒しても勝負に出られる女だろ」

挑発されてようやく、由槻は俺がなにを言いたいのか思い当たったようだ。

死んだ気配を引っ込めて力を灯した。

「つまり林間学習の間は簡単に1アウトにできるということね」

「そうだよ。ただまあ、お前がどうしても怖いっていうなら仕方ない。俺と楓音の穴をひとりで埋めててくれ」

「それあたしと浮気してふたりとも殺された状況？」

「ちがう！」

ちょっと想像しちゃっただろ。でも由槻は実力行使系よりもっと科学的な手法で隠滅を図ると思う。

言い方がまずかった。

「委員会室でひとりで仕事してるか、一緒に行くか。そういう話だよ」

由槻は深呼吸して俺を見た。

「それなら、行くに決まってるわ。私があなたから逃げ出すわけないじゃない」

「そうくると思ったよ」

復活した由槻がノートPCを開く。今日は仕事するパターンぽい。

「あ、それならユッキー、あたしと買い物に行こうよ」

楓音がサクサクとラスクをかじりつつ切り出した。

「買い物？　なぜ？」

「外に行くんだから準備は必要でしょー？　外歩くみたいだから日焼け止めとか虫除（むしょ）けとか。装備はレンタルできるみたいだけど」

楓音が言っている〝装備〟はトレッキング用の靴やジャケットのことだ。現地でレンタルもできるのである。たいていはジャージだけで大丈夫らしいが。

「それなら由槻も生き残れるな」

「どうして命の心配をされているの？　林間学習よね？　無人島じゃないのよね？」

疑問符を浮かべる由槻に、俺と楓音の眉が寄った。

「ショッピングモールも心配のいらない場所だったんだよ」

「現実のモールにはゾンビなんていないのにゾンビ化したじゃん」

「ゾンビの方が元気そうだろ最近のゾンビ走るし」

「パワーバランスが崩れると一気に集中攻撃されるのはゲーム理論的に三つ巴（みつどもえ）では仕方ないけれど、理論どおりでも腹は立つのね」

由槻が理論より感情を優先させた大いなる一歩だ。

この調子で人間になってくれ。

「あ、でも施設までが寒くないか？　高原に行くならこの季節じゃ上着の一枚くらいあったほうがいいだろ。由槻、薄すぎず厚すぎずくらいのジャケットとか持ってるか？　汗かくと体が冷えるから面倒でもこまめに調節しろよ。標高がちょっとあるから頭痛くなったら耳抜きするんだ。それと――」

「オカンやめようよアズくん」

「せめてオトンにしろよ」

「保護者枠なのはいいの？」

「ダメよ」

「ユッキーからNGが入りましたぁ！」

「やかましい」

大自然の中で駆け回る由槻が一ミリも想像できないんだ仕方ないだろ。

「というか買い物はクラスのやつらと行かなくていいのか？」

「え？　そのつもりだけど？」

「なるほど。由槻もその中に加われってことか」

俺がうなずくと、由槻はパタンとPCを閉じて言った。

「むり」

真顔だった。天才が下界の人間と触れ合うのはなかなか難しい。

「えー、一緒に行こうようユッキーぃ」

「いやよ。人が多いところにもっとたくさんの人と一緒に行くなんて無理よ。私はモールでゾンビにも負けるのよ」

さっき文句言った呼称を使ってでも行きたくないのか由槻。

「大丈夫、百貨店ならそんなに人多くないよん」

「対面して接客されるからあそこも苦手」

「むしろ得意な店はあるのか由槻」

俺の素朴な疑問に、由槻は鉄の瞳で答えた。

「Amazon」

「それは店じゃない」

「じゃあ百地（ももち）」

「人任せかよ」

彩霞（さいか）さんの苦労が忍ばれる。

と、由槻がふと気づいたとばかりに顎を少し上げた。

「そうよね、私が行かなくても百地にお願いすれば大丈夫」

「なにを？」

「林間学習の準備に決まってるでしょう？」

またしても彩霞さんに災難が襲いかかろうとしている気がする。

「そういうのどうかと思うんだが」

いちおうあの約束もあるので、それとなく押さえる側に回ってみる。

「そうだよ！　一緒のやつ買った方がみんなと話すきっかけになるよ！」

俺の発言に楓音が拳を握って便乗した。

由槻は眉根を寄せて小首をかしげる。なんだかよく分からないことを言われてる、みたいな顔だった。

ここまで来るとむしろ行かせる方が不安になってくる。由槻の辞書に〝連帯感〟というものはページごと削除されていそうだ。

やがてこくりとうなずいて、由槻は答えた。

「じゃあ百地を一緒に連れて行ってあげて」

女子高生の群れに放り込まれる彩霞さん。いやあの人なら大丈夫だろうけど、由槻が大丈夫じゃない。

「それモモさんが友だちになるだけだからね⁉　ユッキーは友だちができないよ⁉」

「頼んでないし増やそうと思わない」

人は大なり小なり〝変化〟を嫌う。良くなろうと悪くなろうと変化はストレスをもたらすからだ。

それでも結局は変化を求めるのが普通だが、普通じゃない人間もごくまれにいて、由槻は希少性において他の女子高生とは一線を画していた。

「だから私は友だちは少なくていいって言ってるでしょう？　決めた。行かない」

「あああ……せっかく社会復帰のチャンスだったのにぃ……」

がっくりと肩を落とす楓音。そんな企てをしてたのか。

無念そうな楓音を見て、由槻がぼそりと付け加えた。

「……それなら、買ったあとになに買ったのか教えて。必要そうな物はその中から買っておくから」

「ユッキーぃ‼」

「大げさよ」

由槻に駆け寄って抱きしめる楓音。抱きつかれて斜めに傾く由槻。

「仲が良いなお前ら」

「あれ、やきもちですかなー、アズくん？　アズくんも同じ日焼け止め買いたい？」

「男にそういうのは無い」

「アズくんに男の友だちっているの？」

「当たり前だろ」


「『友だちだから頼みごと聞いてくれるよな』って何度言ったことか。って話ですよ」

「エリートくん、それは友だちじゃなくて被害者です」

学校の敷地には景観のためにたくさんの庭木が植えられている。普段は生徒も教員も視界には入るけど特に用の無い場所だ。その世話も学校の委員会や園芸部などの生徒ではなく、用務員の手によって行われているからだ。

その庭木のスペースの一部が実は私物化されていて、その中に常緑樹で囲まれた四畳半ほどの隠れ家が作られていることは、誰も知らない。

サボりや休憩のスペースとして密(ひそ)かに使っている人間以外は。

その限られた人間が彩霞さんと俺だった。

「ところで、前回のデートで分かったんです。由槻は環境の変化に弱い生き物だ」

「人の雇い主を変温動物みたいに言わないでくださいよ」

その日は空気が暖かく、俺は芝生の地面と緑の壁に囲まれた謎スペースで、購買部で買ったお弁当を使用料として差し出して昼休みを過ごしていた。

春や夏なら空気が暖かいわりに日差しは庭木で遮られるので、思いのほか快適な空間である。

とはいえ小さなスペースだ。四畳半と言ったが、実際はもっと狭いかもしれない。アウトドア用の小さな椅子をふたつ、時計で言うと12時と3時の位置に置いて人間がふたり座るとレストランのテーブル席程度の広さくらいしか感じない。

だが、ふたりくらいなら居座っても不便ではない。

ここで仕事をサボる彩霞さんを見つけたとき、弱みであると同時に決して切れない鬼札にもなった。俺も使いたいと思ったからだ。

以来、先住民兼管理者の彩霞さんに気を遣いつつも、たまにこっそりと足を運んでいる。

「でも、実際弱いでしょ」

「否定はできませんね。お嬢さまは暑さと日差しと水の中と雪の上がだいたい弱点です。

全部わたしが代行しました」

「さりげなく過酷な労働環境。夏と冬はどうやって生き延びるんだあいつ」

「巣穴に閉じこもるに決まってるじゃないですか！　酷暑と極寒の時を狙い澄ましたみたいにわたしがお使いに出されますよ！　ＨＡＨＡＨＡ！」

言い出しておいてなんだが、想像以上に弱い。

あと人使いが意外と荒い。

「由槻がそういう生き物なのはよく分かりました。でも、そこで颯爽と助ける……みたいな展開なら良かったんですけどね」

「やればいいじゃないですか。炎天下に引きずり出してやりましょう！」

「私怨混じりの支援」

「お嬢さまじゃないんで笑いませんよ？」

じとっとした目で見返される。ちっ、今度由槻に言おう。

「いやだけど、想定以上にいっぱいいっぱいな状態になられるとそうもいかなかったんですよ。生きるか死ぬかの人に、恋だのなんだの言えないでしょ。まずは回復でしょ」

いまにも倒れそうな由槻の顔を思い出す。

あんな状態の相手に口説き文句を言うやつの神経は、電柱並みに太いに違いない。

「まーたしかに、途中までだいぶテンパってましたね久遠寺くん」

「そこは由槻の方では？」

「たしかに、お嬢さまもですね」

「俺の方を取り消したりはしないんだ」

「いやー、どうですかねー？」

もきゅもきゅと弁当を食べつつおかしげに笑う彩霞さん。

「……まあ、落ち着いて休ませたらだいぶ回復してたけど。あれは駆け引きじゃない。介護ですよ」

「んぐ、んー、そんなにダメでしたかね？　吊り橋効果ってのも聞きますけど」

口の中のものを飲み込んでから、箸を虚空に立てる彩霞さん。

「そういう古典的な心理学の話って、間違ってることが多いんですよ。吊り橋効果もその典型」

「えっ、そうなんですか？」

「吊り橋実験は実際に行われたのかも怪しければ、正確に比較した実験だったのかも不明。それに、サンプル数がせいぜい十数人。一説では〝美人なら成功する確率が高い〟なんて言う話もあるけど、その美人が別の環境で同じ事をした実験と比較した話も無し。信用はいた。

るとなにも根拠が無い。まだ調査は途中だが、吊り橋効果についてはすでに調べはついて

風紀委員に没収されるような恋愛本には通俗的なことばかり書かれていて、実際に調べ

「ほほう、そうだったんですか」

できないですね」

長々と言ってるうちに弁当を食べる手が止まってた。食事を再開する。

「それにしても久遠寺くん、お嬢さまみたいでしたよ！」

「うっ――ぐぅっ⁉」

「わああ大丈夫ですか⁉」

変なこと言われて野菜丸呑みした。胸のあたりで止まった異物感に苦しむ俺の背中が、

ドンドンドン、と力強く叩かれる。

なんとか持ち直してお茶で飲み下した。

「あーびっくりした」

「こっちのセリフですよ！　もう大丈夫ですか？」

すりすりとまだ背中をさすりつつ顔を覗きこんでくる彩霞さん。

近い。

「だ、大丈夫。大丈夫なんで」

「そうですかー。良かった良かった。いやー、あんなに動揺するとは思いませんでした。よっぽど意識してますかね？」

椅子に戻ってニヤニヤそんなことを言ってくる。

「いや意識してたわけじゃ。ただ、ヘタなこと言うとあいつに論破されるんで。それはムカつくから、話題に出す前に下調べしてるだけです」

「話を合わせる努力ってことですね！」

親指を立てられる。

分かってくれてるような分かってくれてないような、微妙な線だな……。

「とにかく、由槻が林間学習でなにをやらかすかと思うと、最近めっちゃ心配なんですよ」

「お嬢さまが自然の中に行くのなんていつ以来か分かりませんからね！　わたしが昔一緒に行きましょうって言った時は、現金でぶっ叩かれましたよ！」

「ど、どういう状況？」

「ウラン鉱石が拾えるって噂の場所に行ったんです」

「危険手当ですよねそれは」

意外と無茶振りも満喫してない？

「でも心配しなくても、学校の行事ですよね？　それなら先生や東山さんが助けてくれるのでは？」

「それだと俺の出る幕が無い」

「さすがエリートくん、最低ですね！　お嬢さまとよくお似合いです！」

にこやかに言わないでほしい。

「由槻もこういう相談するんですか？」

「前はしてくれたんですけど、最近は東山さんにお株を奪われちゃってます。やっぱり歳が近いほうが話しやすいんですかねー……」

「寂しいんですか？」

「ちょっと。なんだかんだで、10年近い付き合いですから。もう妹みたいなもんなんですよ。それが友だちができた途端にお姉ちゃんに構ってくれなくなって……」

ちょっと半笑いで地面を見つめる金髪用務員がいた。

「意外と彩霞さんが依存してたんじゃないですか」

「当ったり前ですよ！　わたしのお給料がどこから出てると思ってるんですか!?」

「あんたも最低じゃねえか」

「えっ、いやーお嬢さまとお似合いなんて照れますねー」

「言ってない」

どこまで本気なのかちょっとよく分からない。これが大人の女性の手管ってやつだろうか。たぶん違うだろうけど。

「久遠寺くんはどうですか？」

「えっ？」

急に俺に振られるが、なんのことなのか分からない。

困惑する俺に、彩霞さんがにっと笑って言う。

「お嬢さまが女友だちばっかりと仲良くなっててさみしいなら、お姉さんが甘やかしてあげてもいいんですよ？」

いつの間にか芝生に座りこんだ彩霞さんが、自分の膝をぽふぽふ叩いて手招きしてくる。

「Hey! Come on!」

「どっちかって言うとゾンビが襲ってくる時のテンションですねそれ」

「ふっふっふ、照れてますね！」

「辞退しときます」

ろくなことにならなそうだ。

「で、なんでまた由槻はホワイトボードを叩いてるんだ？」

「叩いてるんじゃなくて説明を書いてるの」

「アズく〜ん！　救世主よ！」

委員会室に入った俺が見たのは、ホワイトボードに書いた数字をぴしぱし叩く由槻と、正座させられて講習を受けている楓音だった。

ちょっと逃げたかったが楓音が悲鳴をあげて全力でヘルプを主張しているので、仕方なくそちらに歩み寄る。

「今度はなんだよ？」

「いや〜、ちょっと失言しちゃって」

たはー、と苦笑いしながら額を叩く楓音。由槻は腕組みしてそんな女友だちを見下ろしている。ちょっと友だちに対して見せていい目ではない。

「なんて言ったんだ？」

「『友だちを作ろって、勧めただけ』無根拠な論理を！」

後半の意見が食い違ってるみたいなのは分かった。

「頼むからふたりで整えてから言うか、ひとりずつ言うかしてくれ」

別々のことを同時に言うからわけ分からん。

「楓音さんが、私に無根拠で無責任なことを言ってきたのよ」

まず由槻がそんなことを言う。

「楓音は？」

「『友だちたくさん作ろうよ』って言ったの」

「それだけか？　もうちょっと由槻のエンジンかける点火ボタンがあっただろ」

もうちょっと絞り込めそうだ。

楓音はうーんと首をひねって、

「『友だちがいらない人はいない』かなぁ」

「それよ！」

正解だったらしい。

「なにが問題なんだ？」

「あの、その前に……あたしもう正座やめていいっすか……？」

「しろって言った覚えはないけど」

「ノリでやっちゃって……」

思ったより話が長くてやめどきを見失ったらしい。

「楽にして」

「ありがと……ひやうっ！　しび、しびれた……」

ソファに向かおうとして、四つん這いでずりずり蠢くだけの楓音ができあがっている。

ちょっと下着が見えそうなのでそっと目を逸らしておいてやる。

「あ、パンツ覗かないでねアズくん……！」

「言われると見たくなるな」

せっかく目を逸らしてたのに。

「えっち！」

ガラガラガラ！　とホワイトボードが俺の前に立ち塞がった。由槻が移動させてきたのである。

「いやらしいことは禁止よ」

「外敵が現れると団結できるだろ？　俺は仲直りのために仕方なく、楓音のパンツを見たんだ」

「……そうだったの。なら仕方ないわね」

「騙されちゃダメだよユッキー！」

「見られても減るものじゃないし。そんなことよりいまはこの数式が問題なの」

「〝そんなことより〟⁉」

わりと簡単に団結が崩壊していた。由槻にまともな人間らしさが宿る日は来るんだろうか。

カラカラカラ、とホワイトボードを見やすい位置に戻す由槻。楓音はなんだかんだでソファに突っ伏してしまえるくらいには移動していた。スカートはおもいきりガードしていた。

「いい？　彼女は『友だちがいらない人なんていない』と言ったの。だから声さえかければ友だちになれる、と仮定して！」

「してない……」

楓音が弱々しい声で主張する。もちろん由槻は聞いてない。

「けれど、全員が友だちを欲しがったとき、その選好順位によって『ある安定マッチングに入れなかった人間は、すべての安定マッチングに入ることができない』ということを忘れているの。つまりこれは、安定結婚問題よ！」

「ちがう……」

俺もそう思う。もちろん楓音に同意してる。

「『安定結婚問題』ってなんだ？」

「『絶望の定理』という名前がある有名な問題よ。まず、たとえば梓くんが『1位：私』『2位：百地』『3位：楓音』の順番に好意を持っているとして」

「そこまでだ由槻！　実在の人物や団体の名前をそのまま使われると怖くなる定理だろうからやめろ！」

「順番が個人的願望すぎるよね」

顔を上げてじとーっと由槻を見る楓音。しびれが回復したらしい。

ふたりがかりの抗議を受けて、由槻はいったん書いた条件を消した。

「『1位：太郎』『2位：次郎』『3位：三郎』の順番に好意を持っているとして……」

ちらりと振り返ってくる。俺と楓音はうなずいた。

ほっとした由槻が続きを書き始める。

「男女3対3でグループを作ったとします。『梓くん』『私』『楓音さん』の組と、太郎次郎三郎の組よ」

「女子に分類されるのか俺」

「話の関係上仕方ないの」

それだけで済ませて続きを語る由槻。

「それぞれ1対1のペアを作るとします。このとき、選好には順番があるから『三郎より次郎、次郎より太郎とデートしたい』と当然思うわね。くじでランダムなペアを作った時、梓くんは三郎と当たってしまいます」

「最下位の男かよ。クジ運が悪い」

「そう考えた梓くんだけど、太郎はクジ運が良かったの。太郎が一番気に入ってる楓音さんとクジでペアになりました」

「いやー、カノンちゃんモテモテで困っちゃいますなー」

「だけどそのとき、次郎が言います。『由槻より梓が好きだから抜け出しちゃおうぜ』」

「えーっと、その時に俺は三郎よりはマシだから、次郎と抜け出す？」

「ふたりは駆け落ちします」

「禁断の恋……！」

楓音が復活した。

「やめろそこ盛り上がるな」

「そして楓音さんと太郎もその場を去り、私と三郎が取り残されました」

「じゃあそのふたりが」

「ええ。私……じゃなくて、由槻は『あなたとデートするなら算数ドリルで折り紙作るほうがマシ』って行って帰りました」

「せめて問題を解けよ。ひどいな」

「本当にひどいのはここからなの」

安定マッチング〈楓音、太郎〉〈梓、次郎〉
不安定マッチング〈梓、三郎〉〈由槻、次郎〉

「他の人との駆け落ちが発生しないペアを『安定マッチング』。選好順位により他の人に取られてしまうマッチングを『不安定マッチング』と呼びます」

「ふむ」

「もしもこの安定マッチングが2つ重なり、だれかが『ペアになりたくない』と思っている人がいた場合……最初にペアができなかった『由槻』と『三郎』はすべての安定マッチングに入ることができないの！」

パン！　と由槻がホワイトボードを叩いて言った。

つまりだ、

「この6人が集まったら、どんな組み合わせをしても『由槻』と『三郎』は永遠にぼっちであることが確定するってことか……⁉」

「そう。それが『絶望の定理』と呼ばれているものよ」

「ひどい」

「『片っ端から声をかければ友だちになれる』なんていうのは幻想なの。『お断り』枠が自分にある限り、必ずマッチングから外れる可能性はあるのよ！　もちろん、相手にもあればマッチングしないことはあるわ！」

力強く断言する由槻。

「安定結婚問題……じゃあもしかしてこれは、友だちや恋人を作る時にも成り立つのか……？」

「そう。『フラれた人』はそのグループのだれとも付き合えない可能性すら高くなるということよ」

「マジかよ……‼」

悪夢みたいな定理だな。

余計に告白とかできなくなるわ。怖いわ。

「なんつーか……悲しくなる定理だな」

「そうでしょう？」

「それを根詰めて考えてる数学者がいちばん悲しいけど」

「これはあくまで理論だもの。グラフ理論の一種だけど、ウィルスの保菌者を特定したり、発生源をたどるためにも使われるわ」

「へえー」

ちょっと感心した。

さて、それはいいとして。

「楓音、不用意なことを由槻に言わないほうがいいぞ」

「うん、身をもって知ったよ。今日は可愛いのはいててセーフ！」

「……そうなの？」

由槻が興味を持ったらしく、ソファの楓音に近づいた。

そして指示棒でスカートを持ち上げる。

「ぎゃあっ！　な、なにするの⁉」

楓音が悲鳴を上げて飛び退いた。悲鳴に色気が無いな。

「クラスメイトの前で着替えることも想定した下着の話をしたじゃない」

「したけど⁉」

楓音はまだ混乱している。

「林間学習で友だちに見せられる下着を持ってきなさいって言ってたから。実際どんなものかっていう……サンプル収集よ」

「それは！　お家で！　モモさんとやって！」

「分かったわ」

素直にうなずく由槻。

ああ、なるほど。彩霞さんの労働環境はこういうふうに悪化していくんだな……。

まだ当分は寂しくならないと思いますよ、彩霞さん。

幸か不幸かは分からないけど。

恋習問題 その6
「恋とぼっちの定理」まとめ

安定結婚問題

アメリカの研修医配属問題をきっかけに生まれた問題です。どんな例題にも必ず安定マッチングを見つけることができます。

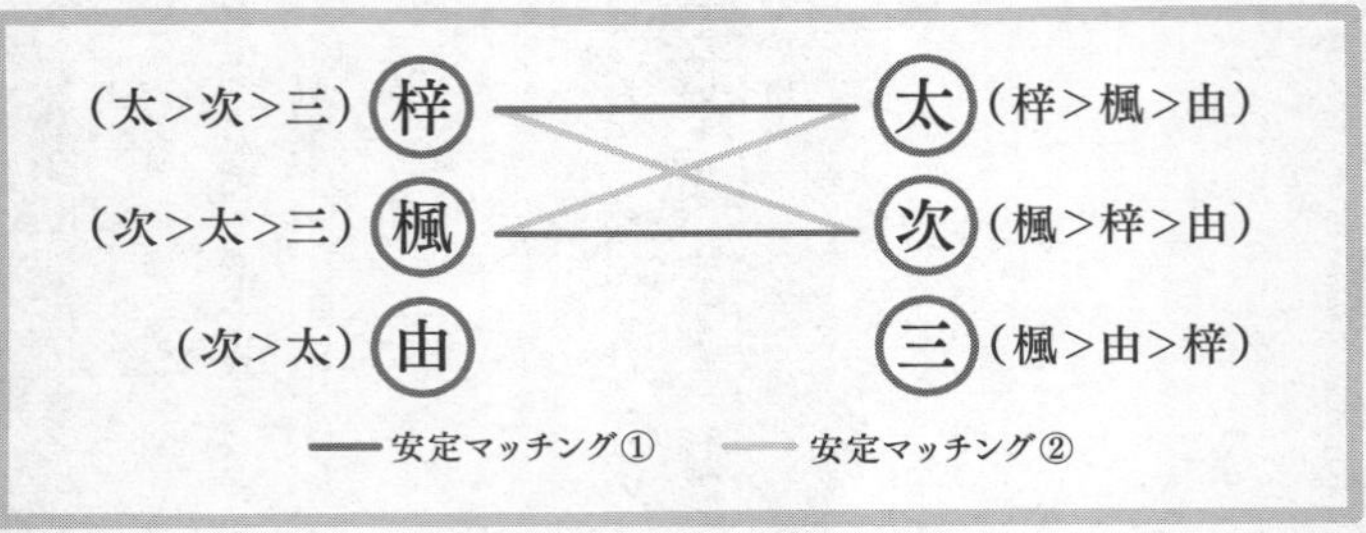

上の図で、由槻は偏屈だから三郎を生き物として認めない場合、必ず別のパートナーに奪われる。（今のパートナーより好ましいパートナーに誘われたら裏切る）すると安定マッチングは2種類。由槻にパートナーが安定する組み合わせはない。つまり“お断り”枠が自分にある限り、必ずマッチングから外れる可能性はあるということ。

まとめ

◆楓音さんの下着は薄黄色の上下
◆えり好みするとぼっちになりやすい！

恋習問題 その7 「恋とハーレムの確率」

「ラブが足りてないんじゃないかと思います」

「ラブですか」

予想外すぎる言葉だった。

脚立の上で植木の剪定をする彩霞さん。その足下で箒を持っているのが俺だった。

もちろん用務員の手伝いは形だけで、実際は由槻の攻略を相談していた。

次の一手はいったいどうしたらいいのか。その点、年長者であり由槻の付き人である彩霞さんは格好の相談相手だった。

シャキリ、と庭木鋏を動かす音を時折交ぜつつ、彩霞さんは言った。

「たとえばほら、お嬢さまもエリートくんも本を読んでますけど、それが『恋愛のやり方』みたいな技術書なんですよね。やっぱり気持ちから入らないとですよ。気持ちから」

「まあなんとなく言いたいことは分かるんですけどね」

「えー、ほんとにござるかぁ？」

「いや、つまり恋愛小説とかでしょ？」

「んー……」

カシャっと音がしたので上を見上げると、彩霞さんが植木から体を離して後ろに倒しているところだった。剪定した植木を観察し、また鋏を構える。

「そうですね。漫画とか映画でもいいので、ラブなものを学びましょう！」

「ああいうのは合う人と合わない人がいるからなー……で、俺は合わない派です」

「そのジャンルの全作品が全部合わないって人は、そんなにいないでしょう。……ちょっと熊手取ってください」

「はいはい」

鋏を受け取って熊手を渡すと、彩霞さんは切ったのに引っかかっていた枝を払い落とす。

「好き嫌いしないでいろいろ読んで、合うやつを探しましょう！　やっぱりまずは乙女心を分かってあげませんと！」

「まっとう過ぎる意見。でもラブロマンスものとか苦手なんですよ」

また熊手と鋏を交換する。細かい調整をしていく彩霞さん。そろそろ終わるか。

「おっ、好き嫌いはよくないですよ！　でも理由は訊いてあげます。なんでですか？」

「見てると主役を殴りたくなる」

「い、いい加減な理由ですね⁉」

我ながらうなずかざるをえない。

「彩霞さんのオススメは？」

「最近のだとＭＣＵですね！　アメコミのヒーロー系です！」

「ラブはどこ行ったんだ」

「知らないんですか⁉　ヒーローにもラブは必要なんですよ、ラブは！」

俺の周りの女子は好き勝手なこと言うやつだらけな気がする。

「ちなみに、由槻の好みとかは無いんですか？」

「漫画より微分方程式とか読んでる人ですから」

「意外性の欠片（かけら）も無いなあいつは」

まあそんなことだろうと思ってた。

「よし、と」

彩霞さんは切り終えたらしく、脚立を降りてくる。

「いやー、お手伝いありがとうございます！」

「掃除してるだけですけどね」

切り払われて落ちてくる枝葉をひたすら掃き集めていただけだ。

「あ、そういえばこの前、東山さんが以前読んでた本が映画とかドラマとかになるって言ってましたよ。ラブな系の小説です」

「いつの間にか仲良くなってる……」

「ふふん、一緒にデートした仲ですからね」

得意げにいう彩霞さん。

「じゃあ今度その本持っていきますね！」

委員会室にあった一冊の本を見て、由槻が悩んでいた。

「『70億分の1の奇跡』……これはどういうこと？」

「点火プラグみたいなタイトルの本持ってきますね……」

由槻エンジンがいきなりMAXになるに決まってるだろ。

「うろ覚えだったんで、こういうタイトルとは思いませんでした」

「買う時分かってましたよね？」

「会話が弾むからいいかなと思いまして！　ＨＡＨＡＨＡ！」

彩霞さんはこういうときたいてい笑って誤魔化すよな。

問題となっているのは文庫本だ。少女漫画みたいな表紙で、たぶん中身は恋愛小説。そのタイトルとなっているのが『70億分の1の奇跡』という一文。

こんなタイトルに由槻が引っかかるのは火を見るより明らかだと思う。

そして俺の予想どおり、本を手に取った由槻は首をかしげてじっとタイトルを見つめている。

待てよ、これはチャンスかもしれない。

彩霞さんの言が正しければ、由槻はこの手の小説を読んだことは無いはず。

ということはいまこそ初めて恋愛ものに触れてもらうべき時なのでは？

心の冷たいロボットが心温かな人に触れて人の真理を進み出すサクセスストーリーとかＳＦなら定番。

ＭＣＵのヴィ◯ョンはそんな感じだったし。（観た）

由槻もまた、この機会に人間の心が生まれる展開。そして俺に対して抱いていた負けず嫌いな反抗心は恋心の裏返しであったと気づく――。

「そんなにわずかな確率の事象になんの意味があるの？　奇跡的に起きた災害で助かった

生存者の体験記録かしら？」

まあありえないか。

教条主義で現実主義の由槻が、J-POPの歌詞みたいなタイトルからなにか感じ取るわけがなく、中に書いてあるロマンティックな展開も理解してくれるかは怪しい。

「表紙をよく見ろよ。どこをどう見たらノンフィクション事件簿に見えるんだよ」

ちなみに表紙は漫画っぽい男女が表紙を飾るイラストの本だ。どこをどう見ても命の危険があるような本ではない。

「ではなんなの？」

「ふっふっふ、あたしが教えてしんぜようユッキーよ……」

なんか無駄にカッコイイポーズを取りながら楓音が寄ってきた。

「いいかいユッキー？　『70億分の1の奇跡』っていうのは——ずばり、恋のことなのだよきみぃ」

なぜか得意げな顔で由槻に教える楓音。

一方、言われた由槻はまたも本に目を落としてからひと言。

「そんなことどこにも書かれてないけど？」

「やれやれ、ユッキーには想像力が足りてないようだねぃ」

「……どういうこと？」

なぜだか上から目線の楓音に、由槻が雰囲気を険しくする。

そんな反応に気づかず、たぶんいつもの由槻の真似（まね）のつもりで調子乗ってる楓音が続ける。指を1本立てて、

「いいかな、地球の人口が70億人くらいだよね？」

「世界の人口を正確に把握することは不可能よ」

そのままの姿勢で楓音は硬直（フリーズ）した。

「お嬢さまは数字には容赦ないですよねー」

「想定外のところでつっこんでくる」

なにかを言おうとした中途半端な体勢のままの楓音に、由槻は追撃する。

「研究者によって主張する人口は異なるわ。どの論文の――」

「70億なの！」

ゴリ押し。それが楓音の取った作戦だった。

通常の相手ならわりと許される行為である。

「……この本の中に論拠が書いてあるっていうこと？　統計局の本なの？」

だが由槻には許されなかった。

究極にポップなロゴデザインでそんな本があったら、逆に気になるな。

「由槻、それは『70億と仮定して』っていう意味だ」

見かねてつい楓音に助け船を出す。

「そう」

あっさり引き下がって楓音に向き直る由槻。

ご高説始めたはずの楓音が『続けたくなってきた』みたいな目をしている。

「東山さん、頑張ってください！」

彩霞さんがエールを送ると、どうにか持ち直して楓音が胸を張る。

「……いい、ユッキー？　70億人いて、その中でたったひとりの人と会えて、恋をすることができたのは奇跡的。だから『70億分の1の奇跡』っていうタイトルなの」

「そう」

由槻がうなずいて、口元に手を当ててちょっと考え込む。

そして、

「『地球上のだれかと恋をすること』は特筆するほどまれな事象ではないわ。地球外生命体以外の全員が該当するわよ？」

「もー！」

　楓音が叫んだ。

「まあ想定の範囲内の反応だったな」

「地球外生命体に言及したのがお嬢さまの優しさです」

「優しさの方針間違えてるな」

　雰囲気で分かれ系の文言であって科学的な話じゃない。そこを分かるなら、由槻はこんなにめんどくさい性格をしてるわけがない。

　しかし楓音は食い下がった。

「そうじゃなくて、『70億分の1の相性の最高の恋人』ってこと！」

「『の』が多いなー」

「だってユッキーが分かってくれないから！」

　ついぽろっと言った感想に楓音が叫び返す。

「せっかく教える側に回れたと思ったのに生徒が生意気で悔しいんだろ」

「そのとおりだけど⁉」

「あっ、素直」

　楓音が不満げにそっぽを向いて拗ねる。

　由槻はと言えば、

「70億分の1の相性……ということは……」

なにやらホワイトボードに『70億分の1の相性』とタイトルを書いて、あれこれと書き出していた。

そしてある程度書き進めると、くるりとこちらを振り返る。

「いままでの話を総合すると、それは『相性が70億分の1』の場合、どの程度の人間がそれを成立させるかということよね？」

ちゃんと理解してもらうには、本のタイトルは数学の問題じゃない、というところから教えないとダメっぽいなこれ。

「もうそれでいいよ……」

しかし拗ねた楓音が力無くそう答えた。

「ついに折れた……」

「お疲れさまでした……」

同情する俺と彩霞さん。

ただひとりだけ元気な由槻が指示棒をしゅぴっと伸ばして、ホワイトボードをつつき回すターンに入る。

なんだかこの光景も最近見慣れてきた。

「であるなら、誕生日問題——いわゆる『バースデーパラドックス』という確率の計算が問題になってくるわ」

「誕生日問題？　プレゼントを決めるための科学とかあるの？」

くるりと振り返って楓音が言う。切り替えが早いのはこいつの良いところだ。

「それは……今度調べておくわ」

「あ、そんながんばってくれなくていいよん」

「そう」

ちょっと残念そうなのは気のせいだろうか。

「お嬢さま、話戻しましょう！」

「そうね。えっと、誕生日問題というのは『一定数の集団の中で、ある2人の誕生日が同じになる確率は何%になるか？』という問題なの。たとえば、30人ほどのグループの中に同じ誕生日のペアが存在しているかということ」

「誕生日が同じになる確率？　えーっと……365分の29？」

楓音が答えると、由槻は軽く首を横に振った。

「それは『ある1人が自分と同じ誕生日の確率』ね。そうではないの。単純な言葉で言うと『30人集めた人間のうち、同じ誕生日のペアが生まれる確率』ということ」

「ええっと……アズくん？」

楓音と彩霞さんがぐりっと俺に振り向いてくる。

俺は少し頭をひねって、

「あー、クラスメイトの中に誕生日が同じふたりがいたら、ちょっと運命的だと思わないか？　っていう話、かな」

「あ、それは分かる！」

「もうこれ通訳ですねー」

分かってもらえてなによりだ。

俺の補足が受け容れられたところで、由槻が再び口を開いた。

「結論から言うと、３６５日の誕生日のパターンがあっても、30人が集まれば70％の確率でその２人組は存在するわ」

「……そうなの？」

ぽかんとした顔で首をかしげる楓音。

「そう。20人に減らしても41％ほどの確率でその２人組はいます。もっと言えば、電車に乗り合わせた乗客が40人いたら、89％の確率で同じ誕生日の人がいることになるのよ。それが直感的な確率を裏切るパラドックスとして知られる『バースデーパラドックス』ね」

「えー、でもそれってなんか変だよ」

「変じゃないの。『どの誕生日でもいいから、同じ誕生日のペアが1組以上になる確率』だから、これは問題を正しく認識できなかった時に起きる錯覚みたいなものなのよ」

「確率の話ってややこしいよな……」

「まれによくある話ですね！」

矛盾に満ちた彩霞さんの同意である。

直感的な正解と、実際の確率がまったくちがう答えになる齟齬（そご）。そういうものも〝パラドックス〟と呼ばれるのだ。

「そして、こういうときに使える数式があるの」

$1.18\sqrt{n}$

n＝『パターンの数』

由槻がホワイトボードに書いたのはそんな簡単な式だった。

「この数式で計算すると、誕生日問題で『およそ50%になる人数』が分かるの」

「そんな簡単に分かるのか？」

このくらいなら、電卓使えば一瞬だ。使わなくても平方根で当たりをつけるくらいは、暗算でもできそうだ。

「ええ。誕生日の問題に当てはめると、こんな感じ」

$$1.18\sqrt{365} = 22.543868346$$

「これで『50%の確率でペアが成立する人数はおよそ23人』となるわ。実際にちゃんとした確率を出すためには、もっとちがう式があるのだけれど」

「23人……ってことは、70億分の１の相性でもずっと少ない？」

「そっちを計算すると、およそ９８７２６ね」

「ってことは、10万人もいれば地球最高の相性が実現する可能性が半々ある……？」

地球規模の相性を考えたのに、市内くらいで収まる。意外と身近なのでは。

由槻は俺の言葉に満足げにうなずいた。

そして指示棒をぴしっと垂直に立てて、

「そう。つまり結論を言うと……『70億分の１の奇跡は、10万人いれば50%の確率で起きる』ということよ！」

満足げにそう告げた。

「奇跡がなんか身近になったなー」

地方都市にもいそう。

「やだー。ロマンスが破壊されるー。やだー」

楓音が耳を塞いでそっぽを向いた。

「いいえ、こういうときは逆に考えましょう！　意外と身近なところに運命の人がいるのかもしれません」

「あ、その考え方は好き」

簡単に復活してきた楓音。

「そうだよもっと建設的になろうよユッキー！　前に言ってた『絶叫の輪廻（りんね）』とか暗いよ暗い！」

「『絶望の定理』だろ。勝手にジャンル変えすんな」

「ホラー系ですねー」

楓音が由槻の手を握り、優しい声音で語りかける。

「もっと少女漫画みたいな展開を実現するほうに考えよ？　ユッキーの頭脳で」

それは俗に言う無駄遣いでは。

「少女漫画みたいな展開ってなんですかね？」

彩霞さんがちょっと考えている。

「たとえば……逆ハーとか！」

「『逆ハー』ってなんだ？　ウエハースの仲間？」

「あははは っ！　下ハースが、仲間になったっ！」

「ぶふっ、ちょっ、やめてよモモさん‼」

「ふふっ……！」

お腹を押さえて笑いだす彩霞さん。

というか俺以外の全員。

「って由槻、お前は俺と同じ分かってない枠だろ！　笑うなよ！」

しばらく俺を笑いものにしてから、楓音がようやく由槻に向き直った。

「ふー、笑ったー。えっとね、逆ハーレムの略。ヒロインにたくさんのヒーローが迫ってくるの」

いきなり思いっきり欲望まみれのがぶっ込まれたな。

「わりと王道だね」

「少女漫画って思ったより肉食系だな」

複数のイケメン侍らせたいとか。

「いえいえ、青年漫画も少年漫画もハーレム系多いですよ昨今。むしろ男性向け作品のハーレム需要うなぎのぼりです」

「そうなんですか」

「可愛い女の子がいっぱいいると、それだけで幸せですからねー……」

あれ、なんかこの人嗜んでいるっぽいぞ。

「なるほど……具体的な人数はどれくらいなの？」

由槻がそんなことを言い出す。

「え？　えっと、４人くらいかなぁ……？」

それを聞いた由槻は、かっと目を見開いた。

「最適な数になってるのね……！」

「ユッキーがこういうのに食いついてくれるの嬉しいなあ。漫画持ってこようか？」

「いや待て、ちがう事考えるだろこれ」

にこにこ笑う楓音に言うのは心苦しいが、神妙な顔をしている由槻がまともに人の話に食いついてくれているとは思えない。

「お嬢さま、なにが最適なんですか？」

「これはモテる人の合理的な戦略が直感的に選択されているということなの。結婚問題——って言うとさっきのと似てるから『最良選択問題』という名前で説明するわね」

「逆ハー問題」

「ややこしくなるから変なこと言わないで」

怒られた。

「手順が複雑だから、ちょっと書いておくわ」

と、ボードを裏返して先ほどの数式を引っ込めて、新しく書き出していく由槻。

そこに現れたのは、数式ではなく文章題だった。

『現在交際している相手と結婚する場合、交際候補者10人の中から最良の相手を選択できる確率を求める』

条件1．一度別れた相手とは結婚できない。

条件2．全員を一度に見比べることはできない。

条件3．過去に交際した人と相対的に比較することはできる。

「ここでは『10人』としているけれど、これは会社の面接などでも使える最良の候補者選びに使うための手順だから、１００人でもそれ以上でも同じ戦略に収束するの」

「『一生のうちに10人の男と付き合うとして、その中で最良の男はどうやれば選べるか』ってことだな」

ざっくりと要約する。

「ほっほう、興味深いですね」

前のめりになる彩霞さんがいた。

「いつになく食いついた」

「わたしももう学生ではないので、わりと結婚とかには敏感なんです！」

意外なこと言われた。

そういう素振りは見えなかったが、やっぱり考えてるんだなぁ。

「わたしも日がな一日家の中で好きなことしてるだけで生活したいですから！」

考えてねえわこれ。

「それはニートだよモモさん」

「いいえ専業主婦です！」

「そういうこと言ってる間は無理じゃないか？」

「わたしの話はいいんですよ！　お嬢さま、続きをお願いしますよ！」

「ふふ、こういうことも研究されてるのが数学なのよ」

由槻がちょっと弾んだ声で胸を張る。彩霞さんが乗り気なのが嬉しいんだろう。

「仮に10人の中で最高のパートナーが『Aさん』だとします。なにも考えず1人目の交際相手と結婚した場合、それが『Aさん』である確率は10分の1です」

戦略：1人目と結婚する。

成功確率：10％

「ちょっと低いねい」

楓音が言うと、由槻は我が意を得たりとうなずいた。

「ええ。だから成功確率をあげるために、まず1人目とは無条件で別れることにします。2人目以降の交際相手が〝1人目〟より魅力的な人なら結婚する場合、確率は約28・3％まで上がるの！」

「2・8倍ですね！」

1人目かわいそうだな。

「このようにして『何人と別れてから結婚すれば最良のパートナーが見つかるのか』を計

算すると、最終的にこうなります」

別れる人数：３人

最高確率：約39・９％

「つまり『10人と交際する可能性がある場合、最初の３人を諦めることによって最良のパートナーと結ばれる確率が高くなる』の。これを踏まえて逆ハーレムという展開を考えてみると――」

彩霞さんがはっと息を呑んだ。

「ハーレム要員は４人……このうち最良の人を選ぶだけで、10人と付き合ったのと同じ価値がある……!?」

「そのとおりよ百地」

言われて気づく。

ひとりずつと１年間交際してから選ぶとして、全員を比較するには10年かかる。しかし『Aさん』が４人の中にいる可能性は10分の４。ハーレムが４人以上なら、同時に４人を比較した中で最良のパートナーを選べば、10人に対して最適な戦略を実行したのと同じ確率になるのだ。

「最速で最良の結婚をするなら、四人同時攻略ということですねお嬢さま！」

「そう。つまり『ハーレム展開はとても合理的な戦略』ということよ！」

盛り上がる主従。

「今回やたら理解が早かったですね彩霞さん」

「数学のことはさっぱりですけど、漫画のことなら帰国してからたっぷり読んでますから！」

「なにしに留学したんだあんた」

「カッコイイじゃないですか、留学」

「……それだけ⁉」

「ＨＡＨＡＨＡ！」

ほぼノリで留学してるよこの人。

「行動力は鬼だねい。ちょっと憧れちゃうかも」

そう言う楓音は言葉どおりどことなく羨ましそうにしていた。

マイペースな由槻は、今日書いたホワイトボードの写真を撮りつつ、発端となった本に目を落とした。

「もう少し少女漫画を読んでみようかしら。よく考えてみれば、恋愛のことを毎日考え続けてるのは少女漫画家だものね」

「そうしたらついにお嬢さまと漫画の話ができますね！」

「あ、それいいね。あたしも貸すよ～」

楓音もそこに加わって和気藹々（わきあいあい）となにから読ませるか談義に入ってしまった。

……俺も読もうかな。


「ところで」

「はい？」

「ラブが足りないって話だったのになんで合理性を売り込んでるんですかね彩霞さん？」

「……あああっ！　忘れてました！」

恋習問題 その7
「恋とハーレムの確率」まとめ

誕生日問題

犯罪ドラマで使われるDNA鑑定も4.7兆分の1の確率で他人と一致します。約256万人で50%超えです。

アメリカのメリーランド州では3万人のデータベースで一致してしまいました。奇跡のような相性も身近な誰かかもしれません。

最良選択問題

Aさんと結婚できる確率（10人と交際する可能生がある場合）

別れる人数	0人	1人	2人	3人	4人	5人	6人	7人	8人	9人
確率	10%	28.3%	36.6%	39.9%	39.8%	37.3%	32.7%	26.5%	18.9%	10%

「最初の37%と別れる」が答えです。

10人と交際する可能性がある場合、最初の3人を諦めることによって最良のパートナーと結ばれる確率は高くなります。18~30歳の12年で最良のパートナーを見つけたいなら、22~24歳あたりから本気を出して今までの恋人より良い人を探すのが吉。

ただし、ハーレムは裏技で「キープして同時比較」なので、もっと効率的です。4人同時攻略すれば、最速で最良の結婚ができる、かも。やったね!

まとめ

◆運命の人より本命の人!

恋習問題 その8「恋と友情のバランス」

窓の外を流れる風景は、一面緑の世界だった。

晴れやかに降り注ぐ陽の光に、日差しを弾くほど萌える草木がまぶしく輝いている。道路は曲がりくねって山肌を緩やかに撫でる形をしていて、まっすぐな道しか無い町の中では感じられない、大地の力強さがそのまま反映されているようだった。

授業と監査のルーチンワークな生活をしていた目には、絵に描いた原風景のような景色は一層まぶしく見える。

校外学習へ向かう道行きはいまだ途中でありながら、すでに鬱蒼とした緑の世界へ足を踏み入れていた。

「うわあー、あれ綺麗な山だね！　間引きがていねい！」

俺の左隣の席にいる楓音が歓声をあげた。でもちょっとおかしい。

「後半の山林管理者目線はしまっといてくれ」

「綺麗なとこだね！」

「律儀かよ」

目を輝かせて窓に張りつく楓音。

「いやあ律儀だと思いますよ！　この車に乗ってるくらいですから！」

と、運転席から声がかかる。

「どうせ私は義理の友だちよ……義理のクラスメイトがストレスになるくらいだもの……」

右隣には、どんよりした由槻がいた。

「クラスメイトが他人すぎるＪＫって聞いたことないな」

「お嬢さまは良く言えば虚弱ですから」

「そこは〝繊細〟とかにしてあげよ？」

つまりまあ、メンバーがルーチンワークと変わってなかった。

出発するために学校に集まった時、誰もが授業ではあまり顔を見せない由槻の出現に驚いていた。で、注目を受けた由槻は人酔いを発症。

整列している生徒から隔離して介抱していたら、バスの出発時刻になった。そして由槻を介抱していた俺と楓音を含めて、別の車で現地に向かうことになる。

その車を運転しているのが彩霞さん、という有様だった。

由槻、俺、楓音が横並びで後部座席に座り、運転席には彩霞さん。このSUVにはよりによってフルメンバーがいることになる。

イベント感ゼロだなこれ。

「ま、まーまー、倒れる前に自己申告してくれたから前より進歩してるよユッキー！」

楓音がフォローするが、由槻は面白くもない車の天井を見上げて背もたれに体を預けたまま、ぴくりともしない。

「ごめんなさい楓音さん……私が体調を崩さなければ、いまごろ同級生からお菓子をせしめて楽しんでいたのに……」

「楓音の楽しみがお菓子しかないみたいなこと言うなよ。クラスメイトとおしゃべりする楓音とか想像して謝れ」

「クラスメイトの顔も分からないのに、そんなことができるわけないじゃない」

「クラスメイトの顔は覚えよ？」

ことあるごとに由槻の社会復帰を目論む楓音は、困った感じで笑っている。

「あたしは平気だよ。マシュマロとポッキー交換してポッキー串のマシュマロ団子とかやる予定はあったけど、実はひとりでもできるもん。ほら」

持参したポッキーとマシュマロを見せてくる。

「いやそれ刺すのは無理だろ絶対」

マシュマロを貫くほどの頑丈さは絶対ポッキーにはない。

「大丈夫大丈夫。大人のビター味だし」

「味で頑丈さ変わらないだろ」

「大人だから無理して折れても代わりはいるよ」

「マシュマロも貫通できない大人が悪いわね」

「きみたち大人に厳しいな」

「大人にもいろいろあるんですよ！」

驚くほどシームレスに馬鹿話になってしまった。由槻もわりと元気になってきている。

そのまましばらく楓音や彩霞さんにおすすめされた漫画の話とか、監査訪問であった部員たちの奇習の話なんかをしていたら、

「おっと、由槻が寝てる」

いつの間にかひとり静かになっている奴がいた。

小さな寝息を立てて動かない。

「朝早かったし、倒れかけたしねー」

ふぐっ

「タフネスの値が本当に低い」

到着前からすでに静養が必要になってるとか。

とはいえあえて起こしたいわけでもない。前回も寝たら回復したし、このまま放っておこう。

「あ、ならお嬢さまにこれお願いします」

「準備が良い」

運転席の彩霞さんから渡されたブランケットを由槻にかけておく。

「これでも付き人なんで！」

現代ではめったに聞かない職に就いてる人は思ったより用意が良い。

「それより、久遠寺(くおんじ)くんはお嬢さまが寝てる間になにかしなくていいんですか？」

「だれがだれの付き人でしたっけ？」

発言の直後に秒で主人を裏切ったぞこいつ。

「寝てる隙にいたずらするのは漫画のお約束じゃないですか！　ＨＡＨＡＨＡ！」

声を潜めながら笑うという器用なことをしてみせる彩霞さん。なにげにフィジカル面ではこの人かなり器用だよな。

「俺が1アウト増えるんでやめときます」

「おっとそうでした。お嬢さまとはそういう協定でしたね！　……増えなかったらやってました？　お嬢さまおっぱいおっきいですよねHAHAHA！」

なにげにおっぱいネタ好きだな彩霞さん。言われると気になるからやめてくれ。

「なんかテンション高くないですか？」

「そんなことは……あれ、ありますかね？　ありますね！」

「モモさんなにかいいことあったんですか？」

楓音が前のめりになる。

彩霞さんはにこやかに笑った。

「それはまあ、今日のこの状態ですね！」

「由槻がまた面倒かけてるのに？」

「ええ、たしかに最近のお嬢さまは面倒くさいですけど」

「おい」

「でも最近の面倒ごとは特に身の危険は無いですし」

「前はあったんだ」

「ウラン拾ってたらしい」

「!?」

俺も聞いた時は驚いたよ。

「それになにより、学校辞めるのか続けるのかハッキリしないことは無くなりましたしね！」

「えっ」「えっ」

楓音と驚きの声が重なる。

思わず由槻の方を見て、さっきと変わらず胸を穏やかに上下させて寝入っていることを確認する。

それから彩霞さんを振り返るが、特に続きは無さそう。

そこで話切るのかよ！

由槻は以前は学校を辞めようかと迷っていたということだろうか。

それは深刻な悩みなのか？　いや瑛銘学院がいくら大学と提携した名門の教育機関とはいえ、由槻には別のところで学ぶ、あるいは金を稼ぐ方法はたしかにありそうだ。単純に面倒くさくなっただけかもしれない。

でも、もしも深刻で個人的な話だったら？

訊いていいのか？　いや聞かせるつもりなら普通に続き話してくれてるか？

追及していいものかどうか。

「えーっと……」

「その……」

反応に困る声が、俺以外にもうひとり。隣に、俺と似たようなことを考えていそうな楓音がいた。

楓音と目を見交わして『訊いていいのか？』『分かんない』内心考えていることを口に出すか否かを無言で相談する。

自然と彩霞さんの反応待ちになった。

そんな俺たちをバックミラーで確認した彩霞さんが、目を細める。

「おや？」

気づいてくれたか？

「ちゃんとふたりの分もありますよブランケット。気が利くお姉さんですから！」

「素で察しが悪い」

「え、なんですか？」

きょとんとする彩霞さん。

「あ、でもあたしブランケット欲しい」

「どうぞどうぞ。それで、なんでしたかね？」

「由槻が学校辞めるか迷ってたんですか？」

もうさっさと訊いてしまうしかない。くうすか寝てるのを念のために横目で確認しつつ直接口に出すと、彩霞さんはフロントガラスの向こうに視線を戻しながらうなずいた。

「ええ、そうですよ。友だちもいないし、数学のこと考え出すと数時間ほど意識が飛ぶから授業もわざとじゃないのにサボっちゃうし。集団生活に向いてないんですねー」

「そんなこと言っていいんですか？」

「わたしじゃなくて、お嬢さま本人が言ってたことです」

「それ俺たちが聞いても大丈夫なんですか？」

「えっ、いまの知らなかったんですか？」

「知ってましたけど、由槻がそれで悩んでるとは知りませんでした」

内容を知ってることと、本人がどう思ってるかは別だと思う。

「いまはもう悩んでないみたいなんで、大丈夫だと思います。怒られたら土下座(ゲザ)りますんで！」

それでいいの？

「悩んでないって、ほんとに？」

楓音が不安げに訊(たず)ねる。

「ええ。『どうせお金無いし諦めて通う』って宣言してからちゃんと毎日登校してますからね。お嬢さまは方針を決めたらさくっと行動切り替える方ですから！」

「それは悩んでないのか……？」

「悩んでる間は部屋から出ません」

究極の偏屈だな。知ってたけど。

「お金無いって、弥勒院グループなのに？」

楓音が俺も抱いた当然の疑問をぶつける。

彩霞さんが苦笑いした。

「家のお金は自分のお金ではないですからねー。いくらかはご自分でも稼いでましたけど。お嬢さまが自分の面倒を自分で見ようとしたら、環境の激変でショック死しますよ」

「否定できねえ……」

変温動物を冬山に放つみたいなもんだろう。

「じゃあ学校は家の方針で？」

「瑛銘なら融通も利きますしね」

「そうだったんだ……」

本当は世間から自分を切り離してしまうことが、由槻にとってはいちばん楽なのかもしれない。

「でも、いまは違うから嬉しいんですよ」

しみじみと、彩霞さんがそう付け加えた。

「こうやって無理をしてでも、不格好でも、友だちのところに行こうとしてくれてます。誰にも会わないためじゃなくて、どこかに行くために面倒くさいことをお願いしてくれます。体に反動が出てますけど、冒険ってそういうものですからね！」

むん、と力こぶを作って見せる彩霞さん。

「お嬢さまと遊んであげてください。わたしにできることなら、なんでもしますので！」

一瞬だけ振り返った彩霞さんは、にっこりと笑っていた。

「彩霞さん……」

なんだこの人。普段はいろいろとダメな人なのに、実はめちゃくちゃ良い人だったのか……？

「おっ、右の急カーブ！　よーしキツめに曲がって『いつの間にか彼の肩に寄りかかっちゃった☆睡眠』を演出しますから、お嬢さまを受け止めといてくださいね！」

「それは演出じゃなくて脚本では!?」

言った時にはすでに減速しないでカーブへ突っ込んでいた。

「モモさん⁉」

「あ、やば」

聞きたくない言葉を出したぞ運転手。

「うおおっ⁉」

「っ――ふあっ⁉　な、なに⁉」

内臓が揺さぶられる強烈な横G。いやこれ普通に危ない！

「いやちょっとキツすぎましたね！　大丈夫ですか？」

「もうしないでモモさん‼」

俺の肩に摑まった楓音が叫び返す。

「はい」

彩霞さんはしゅんと項垂(うなだ)れた。いや前見て。

「大丈夫か、ゆうづ――」

飛び起きた由槻を見ると、

「なん、なっ、なにが……なにして……⁉」

俺の手が摑むとまずいところを摑んでいた。肩を支えるはずが、少し下にずれた。いや
これは寝てる由槻の体を支えようとしてその、

柔い。

ウエストに合わせた服では収まりきらないサイズのそれが、手のひらを押し返している。

下着の固い感触とその固さ越しに押し返してくるだけの、質量と弾力が感じられた。

しかも寝起きの防衛本能でとっさに摑んだのか、由槻の方からがっちり俺の腕を摑んで当てているような体勢なので手が外れない。

「車が急カーブしてみんな吹っ飛ばされそうであんな支えていますぐ放せば分かる」

「っ——！　そう。そういう。そうね。そう」

ようやく俺の手が解放される。

由槻が少年漫画の忍者が印を結ぶみたいに、忙しなく複雑怪奇な形に次々指を組み替えている。火遁の術で焼き殺されないだろうな俺。

「えと、悪かった」

「お嬢さま？　すみません、大丈夫ですか？」

バックミラーの角度を変えて呼びかける彩霞さん。どうやらいまのは見られてなかったらしい。セーフ。

「だ、大丈夫。痛くなかったから」

平静を装って答える由槻。でもその答えはなんかちがうのでは。

「安全運転！」

楓音さん怒りの交通標語。

「いやあすみません。怒り狂った大学生たちから逃げてる時とはちがいますよねー」

「なにやったのモモさん……」

呆れたような楓音のうめき。

「また寝るから。着いたら起こして。百地、起きないように運転して」

「はーい」

今度は俺に背中を向けるような体勢になり、肩までブランケットを引き上げて『寝てます』のポーズを取る由槻。

ただ、肩越しに俺を振り返ってぽそりとつぶやいた。

「……1アウト」

「……了解」

俺は同意した。由槻はぷいっと顔を外に向ける。

赤みを帯びたその耳がいつもの白い肌に戻ったのは、だいぶあとになってからだった。

ちょっと遅れて現地に着いた俺たちは、開会セレモニーをすっ飛ばして山荘に入ることができた。

面倒くさいスケジュールをスルーできたのは少しありがたい。

しかし、

「この時間はパターゴルフしてるはずですけど……」

「どおりでバスがいないと思いました！」

「えっと、先生たちに連絡しますか？」

「あ、大丈夫です。連絡先は知ってますので、お気遣いありがとうございます！」

彩霞さんが山荘の人とそんなやり取りを経て戻ってきた。

「聞いてましたか？」

「もちろん」

ニアミスですれ違ったらしい。

「いまから行くとどうせコース回れないよな……」

車移動してゴルフ場に行っても、ゴルフコースを回りきれるかちょっと怪しい。

まあ先生たちは合流するべきって言うだろうけど。

「じゃあ私は寝て待つわ」

さっそく一抜けた宣言が出てくる。

「合流しようとする意志が見えない」

「医師の診断書があるから、集会を休む私を止められる教師はいないわ」

由槻は人が多いところは無理、という症状を証明する診断書を持っていた。

俺の記憶が正しければ、弥勒院グループの息がかかっている病院だ。由槻は政治家と同じで意のままに病欠できる。いやもちろん事実でもあるので仕方ないとは思う。

「ちょっと疲れたから、休みたいの。百地、部屋に荷物を運んで」

しかもひとりだけ大部屋ではなく個室だ。

「はいお嬢さま！　久遠寺くん、東山（ひがしやま）さん、それでは！」

あっさり姿を消したふたりを見送った。

というか彩霞さんがいないと俺たち移動手段が無いから、結局道連れでサボりだな。

「由槻にどんどん悪に染められていく気がするな……」

「いやアズくんは最初から悪だよ。むしろ染まってるのはあたしたちだよ」

「そんなこと言われて俺が傷ついたらどうするんだ」

「ユッキーに癒（いや）してもらってよ」

おいおいそんな無茶(むちゃ)を言うな。

「由槻が人を癒やす……？　ゾンビ化させるとか……？」

「アズくんちゃんとユッキーのこと口説こうとしてる？」

「努力はしてる」

「はあ……」

楓音がため息を吐(つ)いた。やれやれ、みたいな。

なんだその態度。俺がなんか言ったか？

楓音はふっと息を吐いて、外を指差した。

「ね、ちょっと外散歩しようよ」


「ユッキーをこの校外学習でオトすんだアズくん！」

どん！

というオノマトペを幻視するようなポーズをキメて、楓音が言った。

「……いや、うん。ずっとやろうとしてるけど？」

山荘から少し離れた林の中まで歩いて、なにを言うかと思ったらこれである。

なかなか良い景色の広がる場所だった。楓音の言うように管理されているからだろうか、木々の間を縫って歩いて行くのにそれほど苦労は無い。

ちょっと歩いただけだが、すっかり森の中だ。

なので普通に森林浴を満喫していたのだが、

「アズくんには必死さが足りません。だから、あたしがアドバイスしてあげる！」

「アドバイザーは別で頼んであるんだけどなー……」

まあ頼りにならないアドバイザーだけど。

よく考えたらあの人せいぜい漫画と映画の布教しかしてねえ。

「楓音、なんでいまさら由槻を裏切るんだ？」

気になるのはそこだ。昨日今日でいきなり心境の変化があったのか？

楓音はふらふらと周囲を歩きながら言う。

「裏切ったんじゃないよ。車で聞いたこと、忘れた？　ユッキーはお金が無いから学校に通ってたんだよ。もし特薦権を手に入れたら……学校辞めちゃうかも」

「辞めてほしくないから、か？　それもどうかな……」

「辞めてもいいっていうの⁉」

驚いた楓音に詰め寄られた。

「落ち着けよ。そういう意味じゃない。どうしてもそうしたいなら、あいつならちゃんと稼ぐ手段くらい思いついて実行してる。学校に来るわずらわしさと、稼ぐ面倒を天秤にかけて、通うほうを選んだんだろ。……たぶん、本人が気づかなくても理由はあるはずだ。簡単には辞めたりしないはずさ」

「むー……簡単になったら？」

「……なんとも言えないな。由槻がなにを考えるかなんて、俺には分からない」

「でしょ？　だから難易度はいまのままにしておくの。どうせ本気なら辞められるんだもん」

「怒るかもしれないぞ」

「アズくんとくっつけて怒られたりはしないと思う」

「そうか？」

「そうだよ」

奇妙なくらいに確信を持って言い切るので、押し問答はそこでやめることにする。

まあ、俺の味方をしてくれるっていうのに断る理由は特に無いだろう。

「それで、どうするっていうんだ？」

俺が言うと、楓音はにやりと笑った。

「いいかいきみぃ、女の子なんてテンション上がってる時にちょっと友だちに背中を押されればついポロっと男の子に告白しちゃうもんよ」

「お前女の子に酷いこと言うな」

「女の子は愛がたっぷりだから些細なことで溢れちゃうのさ☆」

「急にメルヘンにして誤魔化すな」

その豹変ぶりがむしろ女の子っぽくて恐いわ。

きゃるーん、という効果音をアテレコしながら、無駄にかわいこぶるポーズの楓音の頭にチョップを落とす。

「あたっ」

「まあ、気に食わないけどお前の作戦次第で乗ってもいい。どんなアイデアがあるんだ？」

「ふっふっふ、まっかせたまえ。正面からアズくんが行く。後ろからあたしが撃つ。これで挟み撃ちできるんだよ。大船に乗ったつもりで恋心を引きずり上げようぜい」

「だから言い方が恐い」

「恋は戦争だからね！」

大丈夫かなこれ。

やたらテンションの高い楓音が、俺を指差した。顔ギリギリのところまで接近した人差し指が、ぷすりと俺の顔に刺さる。

「目標は——キスだよ、アズくん」

唇に突き立てられた指先が反論を塞いでいた。

ますます不安になってきたなー。

校外学習2日目。

朝から外で整列させられ（由槻はサボって寝ていた）、山荘の食堂で朝食を済ませたのち、山荘前の駐車場に生徒たちはたむろしていた。

全員がジャージ着用だが、重ね着するものに規定は無い。春とはいえ高原の気温は低く、日差しから頭部を守る帽子とジャケットを重ねているのがほとんどだ。

彼らは次のイベントへの出発待ちだ。

自然学習というお題で学生を集めてなにをするのか。

友だちの輪から〝ごめーん〟とか言いつつ抜け出して目の前に来た楓音が、拳を握って俺に言う。

「飯盒炊さんだよアズくん！」

「知ってる」

まあ定番である。ただし、そのコースは2つに分けられていた。

校外学習の現地にいるのは高等部一学年全クラスではなく、２クラスずつ日程をずらしている。施設の規模に合わせた調整だ。

ただし、それでも人数は多すぎる。なぜなら飯盒炊さんが食料調達からスタートするからだ。

「楓音さんはしゃぎすぎ」

ジャージの上にマウンテンジャケットを着た由槻がすうっと現れて言った。

頭にはハットをかぶり、小さいリュックを肩にかけたその姿は完璧にアウトドア行きの装いだ。

……似合わないなコイツ。いやファッション的にではなくキャラ的に。

真っ白な肌に細い体。どの角度で見てもインドア派らしさが却って際立つ。

「……なに？」

じっと見つめてくる俺を不審に思ったらしい由槻が、テンションの低い目で見上げてくる。

「――由槻がジャージ着てるの見るの初めてだな」

俺が言うと、小さくうなずいた。

「私もいつぶりに着たのか思い出せないわ」

それはそれで生徒としてどうかと思う。ほぼ新品にしか見えないしな。

ちなみにいま、俺の目には別の物も映っている。

由槻の後ろで『やれ！』と目力で訴えてくる奴だ。薄手のダウンと帽子の楓音である。

こちらはキビキビ動くのでジャージはよく似合っていた。

「よ、よく似合ってるよ」

「……そう」

無表情なままそれだけ言って、由槻はメモ帳を取り出してなにかの数字を書き始めた。

たぶん興味無かったらしい。

うわ、失敗だなこれ。……ま、こんなこともあるか。

ちょっと息を吐きつつ首を巡らせると、

『こっち来い』

の、手招きをしている楓音がいた。

イヤな予感しかしねえ……。

「どこ行くの？」

そっちに一歩進んだ途端、由槻が目を向けてくる。

「楓音がなんか見せたいらしい。すぐ戻る」

「そう」

気難しい顔で試合を見守るサッカー監督みたいな雰囲気で立っている楓音に寄っていく。

「帽子でしょ！　褒めるなら！　なんでジャージ!?」

自分のかぶった帽子を指で挟んで主張する楓音。

「たぶんどっちを褒めても同じ反応だったと思うが」

そもそも『外が似合う』とか言われて喜ぶタイプじゃない。

「くっ、〝いつもと違う雰囲気にドキドキ作戦〟は失敗か……」

「それデートの時にやっただろ」

てきとうにあしらうと、楓音が頰を膨らませた。

「真面目にやってるの？　『その帽子、素敵だね……』『あ、ありがとう』『だけどきみの顔が見えないな。綺麗な顔を上げてごらん……』からのキス！　で勝負はついたのに」

「周りにいる数十人の同級生が見えないのかお前は？」

「『もうきみしか見えない……』」

「やってろ。まあ次はうまくいくことを願おう」

キィン、と耳を刺す高音が響いた。拡声器のハウリングだ。

『全員注目！　それでは出発しまーす！　コースごとに分かれて乗車してくださーい！』

教師の号令で、たむろしていた生徒たちがゾロゾロとバスに乗り込み始めた。

俺もそちらに向かう。

──と、その前に。

「由槻、それじゃあ向こうで会おう」

「ええ」

由槻のところに戻ってひと言交わしておく。こいつは相変わらず専属運転手付きだ。


2日目の昼ご飯は飯盒炊さんで作る。

ただし、おかずは調達イベントで確保しなければならない。

生徒たちはそれぞれ山菜摘みと魚釣りの2つのコースに別れて野外実習をさせられる。

そして俺たちが選んだのは、魚の方だった。

理由は簡単。由槻に山の中を歩き回る体力が無いからだ。

到着した先には、大きな湖があった。

山嶺（さんれい）の中にある清水が湧く凪（な）いだ湖面と、そこに映る森林は豊富な水で育った独特の清々（すがすが）しさと生命力がある。まるで自然美の中に包みこまれるような光景だった。

「分かってるよねいアズくん。ここでやらなければいけないことは！」

残念なのは騒がしい人間だけだ。

釣り具の使い方や釣り場所の注意などを説明されている間に、すすすと寄ってきた楓音が俺に囁（ささや）く。

「え、なんだ？」

「ポケッとしてないでよ！　魚釣りの王道って言ったら『やーん、虫が気持ち悪いよ〜』『仕方ないなあ貸してごらん』サクッ『さああとは釣るだけだよ』『素敵！』で決まりでしよ！」

あんまり聞いたことはないなそれ。

「それは恋愛漫画からか？　それとも実体験からか？」

「……お父さんがしてくれたかな」

「微笑（ほほえ）ましいなおい」

それで『素敵！』っていう雰囲気は無理じゃないか。

「そもそも釣りってデート向きじゃないよね」

「じゃあ山菜摘みが由梘向きだと思うか？」

「……ねえ、むしろ疲れ切ったユッキーを運んであげたほうがポイント高かったのでは？」

「それだ」

根本的なミスに気がついた。

「山菜にしとくべきだったかなー」

「ふたりともなに話してるの？」

いつの間にかそばに来ていた由梘が俺たちをじっと見つめていた。

おっといけない。つい話し込んでた。

「なんでもない」

「そうそう、なんでもないよ！」

楓音と一緒に手をひらひら振って誤魔化す。

「……そう。みんなもう行っちゃったわよ」

「「あっ」」

気がつけば、クラスメイトたちは釣り小屋のほうへゾロゾロと移動していた。

「行こう行こう」

「ありがとユッキー！」

みんなを追いかけつつ、ふとつぶやく。

「まさか由槻に団体行動を指摘されるとは思わなかった」

「成長したねユッキー……」

「ほんとに感謝してるの？」

懐疑的な由槻の視線から目を逸らして逃げる。

ちなみに半ば予想してたけど、えさに怯む由槻ではなかった。


湖手前に作られた小さな人工池の釣り堀に竿を垂らすと、一瞬で釣れた。底が浅くて水が透き通っていて、魚群がいくらでも見える。釣るのは楽勝だ。

なんだこのベリーイージーモード。

ここで規定の数を釣り上げたら、大きい湖でフィッシングにチャレンジするのも、周辺を散策するのもＯＫな自由時間だ。さくさくいこう。

と思っていたが、むしろそこから先が大変だった。釣り上げるのが楽なのはこのためのトラップだったのだろう。まんまと引っかかってしまった。

「魚が生きてるしぬるっとしてて掴めないぞこれ！　どうするんだ⁉」

手で掴んだ途端にビクビク跳ねて逃げる魚。強く掴むと握り潰しそうだし針が抜けないし無理やり引っ張ると血を吐くんだけどどうしたらいいんだ⁉

「アズくん意外な弱点……」

ぷつっと、いともたやすく魚を手にする楓音が俺を半眼で見ていた。俺をそんな目で見るな！

「ぷふっ」

「由槻、いまダジャレは言ってないぞ⁉」

「これはシンプルにアズくんがクソダサいんだよ」

「楓音お前やる気あるのか⁉」

ダサいってお前由槻へのアピールとかはいったい。

「それはこっちのセリフだよ⁉」

竿を握りつつ睨みつけてくる楓音。ついでに俺の竿にかかった魚も回収してくれる。

やだ、楓音さんイケメン……。

「私の分を釣るのは、楓音さんにお願いするわ」

そして堂々と言った由槻は、竿をすでに持っていなかった。

「このサイズの魚に力負けして竿持ってかれるって、ユッキーもおかしいからね？」

「百地に頼めばボウガンで獲ってくれるけど」

「アメリカンな方法はやめよう」

俺以外にも、釣り堀の周りではあちこちで悲鳴が上がっていたので問題無い。主に女子だけど。

問題無いんだ。俺だけじゃないんだ……。


湖での魚釣りも終えて、森林のほうに行っていた山菜組とキャンプ場で合流したら、そこでようやく調理開始になる。

かまどで火を焚いてお米を炊くほうと、おかずの下拵えをするほうに分かれた。

「料理ができる男はポイント高いよアズくん！」

ということで俺は同級生に薪と炭を任せて、由槻たちと調理場のほうに立った。

「お箸を口から突っ込んでさ、奥まで届いたらぐりっと回して、引っこ抜いて。あとは肛門に残ったやつを押し出すだけ。簡単だね」

言いながら魚のつぼ抜きを実践する楓音の手元を見て、自分の腹がかき回されているような怖気を感じてしまう。

口からひとかたまりになった内臓がずるっと引っこ抜かれる光景もグロい。

「なんでそんなえぐい殺し方をするんだ……」

「サディストの素質があるわね」

「もう死んでるよ⁉」

血まみれの箸を構えてそんなことを言う楓音。なんて恐ろしいやつだ。

「ほんとにちゃんと取れてるか内臓を確認しないと不安にならないの？」

包丁で腹を切ってから魚の内臓をまな板に並べて数を数える由槻。

「ユッキーはもうホラーだよね⁉」

「これは解剖実験っぽくてまだ見れる」

「アズくんは見てないで捌こうよ！」

「いや、ちょっと」

ノーサンキュー。手のひらを見せると、その手に箸を押しつけられた。

ぐいっと手を引っ張られて、声を潜めた楓音が至近距離からひそひそと囁く。

「〝ちょっと〟じゃないよ！　お料理男子の称号でユッキーにアピるんだよ！」

さっと俺の背後に回り、手に握らせた箸を無理やり魚へと誘導される。箸を握った拳を開かないように、楓音の手ががっちりと俺の指をホールドしている。

ずぶずぶと、箸がゆっくりと魚の口に突っ込まれていく。

「や、やめろ！　俺にそんな残酷なことは……！」

「大丈夫、大丈夫だよ……一回やっちゃえば慣れるから……。やるんだアズくん……！やるんだよ……！」

「やめろ……！　やめろよ……!!」

「男になるんだアズくん……！　ユッキーにいいところを見せるんだよ!!」

もはや魚を殺せばいい男になれるという信念が楓音に取り憑いていた。

というか箸の先の内臓の感触が気持ち悪いんだよ！　本当にやめてくれよ！

「役立たずを増やさないで」

「あ痛っ！」

なぜか指示棒を持っていた由槻にいつものように叩かれた。俺が。

「むー、いいよ。魚焼くくらいあたしがやるよ」

べー、と舌を出して魚を持っていってしまう楓音。

「助かったよ由槻」

俺が言うと、指示棒を縮めつつじとっと見つめてくる。

「なんだ？」

「……べつに。じゃあ、山菜のお味噌汁は、私たちでやりましょう」

「そうだな。魚はともかく、山菜は平気だ。ぐちゃっとしないからな」

「それは当たり前ね」

由槻は先ほど配られた料理のレシピを取り出した。さっと目を通して、紙面を指で示しながら言う。

「これには『厚さ３ｍｍほどで輪切りにする』とあるけれど……梓くん、定規は持ってる？」

「定規は要らないと思う」

「いいえ、３ｍｍなんて測らないと分からない。……ふふっ」

自分で言ったことに少し笑いをこぼしてから、続きを見る。

「この『輪切り』ってなんのこと？」

授業に出ないからな由槻のやつ。

「丸い素材を薄く切ること」

「この先に『中火で熱する』って書いてあるのだけれど、中火って具体的に摂氏何度のことなの？」

「知らん」

「『柔らかくなったら』っていうのは――」

このままだといつまでも調理が始まらない。

「よし分かった。とりあえず分かりやすいところから始めよう」

「……そう。じゃあ定規を探してくるから、私が３ｍｍのところに目印をつける役で――」

なるほど了解した。

「俺はそれをやられる前に切る役でいい」

スコンスコンスコン、と山菜を薄く切りながら言うと、由槻が手元と俺の顔を交互に見た。

「……信じられない」

「ぜんぜんポイント高まらないみたいなんだけど楓音ー!!」

そうして作った昼食は、なかなか労働の味がした。

「なのにいちばん美味いのは彩霞さんがくれた山菜の天ぷら……」

「労働の味を上回る純粋な美味しさだね……」

「いやー、偶然イイのが見つかって！　天ぷらは薪だとちょっと出来ませんからね！」

煙臭い同級生をからかいつつ今日の収穫を味わってからは、山荘に戻って休憩の時間だった。

「あー、シャワー浴びたい」

服に染み付いた煙臭さに眉をしかめる。最終的には俺もかまど周辺にいたから、髪の毛にもべったり染み込んでいるにちがいない。

ロビーの自販機でミネラルウォーターを買いながら、いっそこれを浴びてしまおうかとか考えていると、

「おっと、アズくん」

「おっと内臓に強いサイコカノン」

「なんか強そうにするのやめてよ」

ケラケラ笑いながら叩いてくる楓音。

「……なあ、アレのことだけど午後もやるのか？」

アレとはもちろん由槻へのアタックだ。

「はあ〜？　あれくらいで諦めちゃうの？　アズくんの気持ちはそんな程度か、おうおう」

シュッ、シュッ、とシャドーボクシングをしつつ絡んでくる。けっこうウザい。

パンチを手のひらで受け止めつつ、眉根を寄せる。

「でも由槻に一回もヒットしてなかったんだけど」

「99回失敗してもいい。１回のホームランで逆転だよ」

「由槻なら『帰無仮説でそれは有意とは言えないわ』って言いそう」

「ちょっと似てるからやめて」

「こう見えて俺はあいつの話ちゃんと聞いてるからな」

この調子じゃ午後もやるってことか。

仕方ない。

「分かったよ。じゃあまたな」

「ばいば〜い」

楓音が友だちのところに帰って行った。

俺はロビーの椅子に腰掛けて、スマホを取り出す。

由槻の部屋は個室だ。午後のトレッキングまで俺も個室で一緒に休ませてもらえないか訊いてみよう。

なにより、午前はいまいち手応えが無かった。ここから挽回していきたい。

『そっちの部屋に行っていいか？』

メッセージを送って、待つ。

通り過ぎる同級生たちをなんとなく観察し、水を飲んで。

……あれ、おかしいな。いつもはもっと返事が早いんだが。

疑問が浮かんだ。

『由槻？』

もう一度メッセージを送る。

しばらくして、返ってきたのは、

「え……？」

『来ないで』

拒絶反応だった。

恋習問題 その9 「恋をする人は」

「体調が悪い？」

「ええはい。まーそんなことを言ってますねー」

悩ましげな顔で彩霞さんはそう言った。

由槻が集合場所に来ないので何度もメッセージを送ったのに、一向に返事が返ってこないばかりか、既読すらつかなくなったのだ。

居ても立ってもいられず個室に直接向かうと、扉の前に彩霞さんがいて由槻は顔すら見せなかった。

「お嬢さまは寝れば治るって言ってるんで、おふたりはそのまま午後のトレッキングに行ってください」

「そんな……」

「あの、でもユッキーは車の時はあたしたちがいても平気だったんじゃ……」

「どうしても寝ていたい、って言うんですよ。お嬢さまが。おふたりが心配してくださったのは伝えますから、寝かせてあげてください」

いつものように言葉はていねいながら、言っている内容は頑として譲らない発言だった。

たぶん話しても無駄だろう。

「そうですか……行こう、楓音」

「えっ、でもアズくん、ユッキーいないと……」

「そりゃそうだけど、そういう時もあるだろ。行こう」

再び強く促して、ようやくついてくる楓音。後ろ髪引かれている様子でちらちら後ろを振り返りながらついてくる。

「どうしたんだろうね？」

「……分からないな」

そういえば——分からないものを説明してくれるのは、いつも由槻だった。

◯

「あの、お嬢さま、いいんですか？　行ってもらいましたけど……」

百地がそんなことを言ってくる。

でも、いまはそれに答えられる気分じゃなかった。

「寝かせて」

短い要求に、付き人は大きなため息を吐いた。

「分かりました。じゃあわたしはしばらく外にいますね。この部屋相部屋ですけど！　やー、仕方ないなー。宮仕えだからなー。仕方ないなー！　……ないなー……」

「方針の変更はしないわ」

「はーい……」

やっと百地が出て行く。最後まで、私をちらちらと振り返りながら。

そしてようやく——私はひとりになった。


せっかく寝たのに、悪夢なんてついてない。

その光景を見て、そう思った。

夢なのは分かってるのだから、内容を変えてしまいたいのに、私にはそれができない。

できる人もいると聞いている。教えて欲しい。

見ているものは単純だ。――私が、叩かれる夢。

まずは頬を叩かれる。

私は驚く。

どうして叩いたのか、と訊ねる。

だけど答えは教えてもらえず、逆に訊かれる。『どうして？』と。

私には分からない。だから、黙っている。

混乱していると、もうひとりが来る。それは私が味方だと――あるいは〝友だち〟だと思っていた人だ。

そして私はその人に言われてしまう。

ずっと、それからずっと胸に刺さった杭のように引き抜けない言葉を。

――『人間じゃない』と。そう言われてしまう。

今回も、まったく同じ――ただの思い出だった。

消えてしまおうと思った。

どこへ行っても、なにをしても、人と共感できないから。

私の頭には知識がたくさん詰め込まれている。どうしてこんなにもたくさんの知識でいっぱいにしているのか、それを訊かれたことはない。

誰も私に興味は無いだろうから当然だと思う。

誰もが私の知識を聞く時に、まったく見当違いの理解で勝手に私を分類してくれる。

『この子は知識が好きだから』と。

大間違い。

私は知識を好きだと思ったことはない。

『好き』というのは相対評価だ。他のなにかと比較して優先度を高くする時、それが好きであると判断する。

私にとって知識とはただ単に——唯一のものだ。それでしか世界が分からないのだから。

普通の人は違う。私とは違って、選べる。そして、そんなものは選ばない。選ばれなかったものだけでできているのが、私だ。

だから私は頑張った。

頑張って、人を理解しようとした。

——だけど、それは理解したふりでしかなかった。

私がようやく好きになれたと思った人に、言われてしまった。

『人間じゃない』と。

だから、消えてしまおうと思った。

故郷に戻って。てきとうに暮らして。そのうちきっとみんなが私に失望して。

消える私を引き止める義務感も無くしてもらって。

それから誰にも邪魔されず、静かに消えたかった。

なのに——どうして、こんなにも騒がしくなってるんだろう。


ピンポーン。

その着信音で目が覚めた。よく見る悪夢だったから、勝手に救われた気持ちになる。

重い頭を振ってスマホを手に取ると、梓くんからのメッセージだ。……タイミングの良い人。

息が詰まるような気分がしていて、バルコニーに出る。

2階にあるこの部屋からは、周囲の景観がよく見下ろせた。

そして……だからこそ見てしまったものがある。山荘へ着いたすぐあと、梓くんと、楓音さんが、森の中にふたりきりで入っていくところだ。

あの時、なんだか急にお腹が冷えたような気がした。

それからずっと、ふたりが一緒にいるところをよく見るようになった。

朝の集合の時も。魚釣りの時も。調理の時も。――休憩時間もだ。ずっと一緒にいる。

私の中で、恐怖が湧いてきた。――良くない感情が、出てきている。怖い。いいえ、湧いているのは恐ろしさじゃなくて……口を突いて飛び出てしまいそうな衝動だ。だけど、私にそれは表に出せない。だってその先が、怖いから。

――もしもふたりと、喧嘩をしてしまったら？

その未来は、夢に見た思い出と同じ光景になるかもしれない。それが、なにより恐ろしかった。

彼らはひょっとして〝あの言葉〟を言うかもしれない。だって、ふたりとも〝普通〟ができる人だから。

ずっと見ていたら、なんだかどうしても、苦しくなってしまって仮病を使った。

……いえ、仮病なのかしら。実際苦しかったのだし、病（仮）として考えれば嘘ではないと思う。

梓くんは同意してくれるかな。訊いてみたい。

「梓くん……」

ピンポーン、とまた着信音が鳴る。

ついつい画面を見てしまう。すると、そこには。

『俺もサボりだ。真下』

そんなメッセージがあった。

「……え？」

ちょうど、名前を呼んだ人が、バルコニーの下で手を振っていた。

◯

電話をかける。ワンコール。ツーコール。

手にしたスマホのコール音だけじゃなく、頭の上でも同じ着信音が流れている。

このまま着信拒否か？　こうして、目も合わせてるのに。

じっと、窓辺のバルコニーに立つ由槻を見つめる。シャツとジャージのラフな格好してるのは、いままで寝てたんだろう。

『観念しろよ。目の前だぞ』。そう心の中で訴えると、由槻はようやく耳元にスマホを当てた。

『もしもし？』

その声を聞いて、確信する。

「あ、良かった完璧に仮病だな。調子良さそうだ」

『……いま良くなったの。あなたも、サボったの？』

ようやくいつもの淡々とした声が聞けて、ほっと胸を撫で下ろした。

「実はそうなんだ。瑛銘の一番優秀な頭脳が台無しだ」

『一番は私』

「どっちにしろ台無しだろ」

ちょっと歩く。手頃な木の幹に背中を預けて、山荘を見上げる体勢に。

正直に言うとここまでが〝もしもし〟だ。

「……それで、そっちはなんでサボったんだ？」

バルコニーの手すりにもたれかかりながら、由槻は答える。

『大したことじゃないわ』

「答えたくないってことか？」

『話すほど、大事じゃないということよ』

なるほど。つまりこれは、追及すれば話してくれるってことだ。

「人間には自分の体調以上に大したことはないさ。言ってみてくれよ」

由槻はふっと息を吐いて、呆れているようだった。

『……悪い夢をね、見てたの』

「悪い夢？　驚いた」

『どうして？』

「由槻も夢って見るんだな。〝電気羊〟のとかか？」

もちろんいつもの冗談だった。だが、

『鋭いのね。ある意味では、その通りよ』

由槻は乗ってこなかった。

それどころか、気弱げな声でそんな答えをよこしてくる。

「――なんだって？」

俺は思わずもたれていたのをやめた。『アンドロイドは電気羊の夢を見るか？』フィリップ・K・ディックのSF小説。タイトルの意味は簡単に言えば『機械は人間のように自我を持つのか？』という問いかけだ。

俺は由槻にそう教えたことがある。

「すまない。由槻、どういう意味か本当に知りたい。教えてくれ」

改めてそう言うと、由槻は俺から視線を外してどこか遠くを見た。

『……前ね、昔の話よ。私は、ついにできたと思ったの。きちんと最初から、私のことを説明して……友だちが作れたと、思ったことがあったの』

「……過去形なのか？」

俺が言うと、ふっと視線が戻ってきた。

『たまに、夢を見るのよ。その人と私は、実はなにも分かり合えたりはしていなかった時の夢。私ね、最初に挨拶したとき〝私は空気は読めません〟って言っておくの。その人のしてほしいことなんて、言ってもらわないとなにも分からないから』

「そうだな」

『それでもいいから仲良くしようって、そう言ってくれた人と一緒にいたわ。何年も。……だけどね、ある日、言われてしまうの。〝どうして分かってくれないの？〟って。最初に、ちゃんと〝分かりません〟って言っておいたのに、なぜか』

なぜか、か。

人間は自分の都合の良いように解釈しがちだ。きっとその人も、由槻が慣れれば大丈夫だろうと思っていたにちがいない。

『叩かれて、問い詰められて、呆然(ぼうぜん)として――ようやく、友だちが来てくれるの。そして私は〝助かった〟って、友だちに丸投げするの。助けてくれると思って。その時、私を振り返って友だちは言ったわ。――〝最初はそれでも良かったけど、もっと仲良くなりたくなったんだよ。分かってあげなよ。人間は、理屈じゃないんだから〟って』

人間は、理屈じゃない。

それは、

「……由槻にとっては、悪夢かもな」

俺はひねりも無く思ったことを口にした。由槻は深くうなずいていた。

『ええ、そう。だって〝人間は理屈じゃ無い〟なら……理屈でしか考えられない私は、人以外のなにかよね。人は――魚相手なら、内臓を引きずり出せる。すごく、怖くなったの』

人間相手にはできないことが、人間以外にはできる。それが人間だから。

だから、由槻にとってそれは悪夢でしかない。

『怖くて、その人から逃げ出したの。だけど……〝普通の人〟がそう考えている世の中だと、結局はどこにいても人間扱いしてもらえない。それが、いまもまだ、ずっと続く悪夢なのよ……』

自嘲しているのが分かった。めったに見られない由槻の表情変化だ。

――だけど、俺が見たいのはそういうのじゃないんだ。

「そっち行っていいか？」

気がつけば、そう口走っていた。意識した言葉じゃなかった。

目の前で、自分を切りつけているような彼女を、どうにかしたい。なにをしてでも違う顔にさせてやりたい。

そう考えていたら、口を突いて飛び出てしまった言葉だった。シンプルに言えば――居ても立ってもいられなかったのだ。

『えっ、えっと……うん、はい。いまなら』

少しだけうろたえたけれど、由槻は結局うなずいてくれた。

「すぐ行く」

『……ゆっくり来て。ジャージが嫌いなの。制服に着替えるわ』

「ようやく会えた、って気がするのは……気のせいだな。半日すら経ってない」

「そうね」

由槻の部屋を訪ねてそう言うと、彼女はこくんとうなずいた。さすがに面倒なのか、制服のシャツとスカートだけの見慣れない由槻に迎えられた。でも髪はいつものセットをしてある。見慣れた由槻だ。

他は和室なのにここだけ洋室で、しかもベッドは複数ある。ひとりでいるには、広すぎる部屋だ。

部屋の扉を開けてくれた由槻は、一番奥まで歩いていくと、そのままベッドに腰掛ける。

「どうぞ座って」

「ど、どこに？」

「？　好きなところに」

「あー……」

2脚だけある椅子は由槻の座るベッドからちょっと遠い。結局、隣のベッドに座った。いつも並んで座っているから、それがいちばん落ち着くポジションだ。あとは机が欲しいな。

いつもと同じ環境を整えれば、

「それで、なにか話があるの？」

このいまいち覇気の無い由槻も、オーラを取り戻してくれるだろう。だが、この部屋にいつもと同じ物なんて、俺くらいしかない。

「そうだな……」

なにを、話すべきなんだろうか。

ノープランだった。たいていは、それでも由槻がいろいろと説明してくれていて。俺はそれを聞いていると、時間が足りないくらいすぐに過ぎていったからだ。

……たまには、俺から話すべきかな。

「せっかくだ。由槻が昔の友だちの話をしてくれたんだから、俺もしようか」

「いつもの諺（ことわざ）混じりのご高説？」

「諺で言うなら、こうかな。〝牛は牛連れ、馬は馬連れ〟」

「どんな意味なの？」

「似たもの同士は集まりやすい」

「なら、あなたには成績が良くて、人と話すのに物怖（ものお）じしない……楓音さんみたいな友だちが、たくさんいたってことね」

「楓音はそんなに成績良くなかったと思うけど」

由槻はふいっと顔を逸（そ）らした。あまり興味が無さそうだ。もうちょっと俺のことに食いついてほしいところなんだが。

まあいいか。

「俺と似てるのはな、由槻だよ」

「似てる……？」

不思議そうに自分の頬をふにふに手でなぞりだす由槻。

「もちろん顔とかじゃない。友だちがいないってところさ」

「……そうなの？」

「瑛銘に来てからはそうでもないけどな。昔は……ああ、昔通ってた学校じゃ委員会室なんかにいなかった。毎日、勉強と筋トレとその時に必要な訓練ばっかりしてたな」

「ガリ勉だったの？　意外ね」

いまでも勉強はかなりしているんだが。家で。

「俺の親父は成り上がりだ。一代で起業して成功して、モデルの妻を手に入れて離婚した。人生薔薇色の社長で……俺とは滅多に会わない。金だけは寄越してくれるから、勉強するのに困ることはないんだ」

つい、ため息が出る。

「……前の学校も、それなりにレベルは高かった。入学したとき、俺は真ん中より下くらいの成績だった。それで馬鹿にされたよ。『成金の息子が金で入学した』ってね。もちろん、ただの噂だ。親父がそんな手間を俺にかけるわけがない」

苦笑いが出る。

「俺は勉強した。家庭教師を雇って勉強して、すぐに校内の順位は上がった。そこでトップを奪ってやったんだ。テストで一位になって、さあこれで誰も俺を否定できない。俺は実力でここにいるんだと、胸を張って友だちを作ろうとしてた」

「……それで、友だちはできたの？」

由槻が、いつの間にかこちらににじり寄っていた。話に食いついてくれたらしい。

だが、残念ながら、これはあまり面白い結末を迎える話じゃない。

「――今度はこう言われたのさ。『金で勉強した』と。……どうしろっていうんだ？　ああそうだ。賢い奴を雇った。だがそれはズルか？　ちがうだろ。馬鹿息子なんて言われるのが耐えられなくて実力を付けたのに、今度は息子であるだけで否定されたんだ。俺に死ねとでも言うのか？　それで……心底、嫌になったよ。ひとりでいいって思った」

「そう……」

綺麗な瞳が、うつむいて隠れてしまう。

俺は少し考えて、こう切り出した。

「由槻、俺がいままでお前に聞いた数式の中で、いちばん好きなのはなんだと思う？」

「え？　えっと……」

唐突な質問だったが、由槻は質問にはとりあえず答えてしまうタイプの人間だ。

熟考したすえ、ひとつ言う。

「……ベイズ推定？」

俺は笑って首を横に振った。

「はずれ。正解は『決定係数』だよ」

「そうなの？　どうして？」

それはな、と身を乗り出して、告げる。

「お前に初めて教えてもらった数式で——初めて、俺を人間扱いしてくれた人を見つけられたからだ」

「……どういう意味？」

眉を寄せる由槻。最初から説明していく。

「さっき話したとおり、瑛銘学院に来る前は、俺はずっと『成金の息子』って評価しかもらったことなかったよ。実力で学力1位になっても『金があるから』勉強が捗（はかど）るだけって言われてた。『顔が良いのは、親が金で外人モデルに産ませたから』『成金だから高貴な趣味が無い』そういう噂しかなかった」

そして極めつけに俺を参らせてくれたのは、

「……困ったことに、うちの親父も同じ事言ってたからほんとに困る」

「……そう」

うなずく由槻。俺は続けた。

「1年前に瑛銘に無理やり編入したのも、俺以上の金持ちばかりなら変な噂はされない。それなら——静かに暮らせる。そう思っただけだった」

「っ……！　そう、だったの？」

思った以上に驚きの反応が返ってきた。なんだろう。まあいい。

「そうなんだ。だから……テストで一位を奪って、なのに、俺より賢いって言われる由槻はいったいなにを言うのか、興味本位で監査委員会を見に行ったんだよ」

「ああ……話しかけないでって思ってたの、よく覚えてるわ」

「思ってたっていうか口に出してただろ」

「そうだった？」

ぜんぜん覚えてないだろそれ。

「で、俺は由槻に訊いたんだ。『満点の編入生をどう思う？　この学校の人はみんな俺より金持ちだ。勉強に金を使ったところで文句言うか？』ってね」

「変なことを訊かれたっていうのは、覚えてるわよ。たしかあの時は……あ」

ふと、由槻が声を上げた。

その顔でどうやら思い出したらしいと悟る。やれやれ、やっとか。俺はずっと忘れてなかったのに。

思い出し笑いがこぼれる。

ま、それでもいい。あの時、由槻はこう言った。

「『それでは、お金の重みはどのくらいですか？』って、言っただろ」

「あなたに、決定係数の説明をしたわね」

まったく笑える話だった。

「冗談かと思ったら、由槻は本気だった。俺の実力のうち何割が金で、何割が才能で、何割が努力なのかって……全部、数字にした」

ただ単に努力を崇拝して金の力を否定する感情論じゃなく、才能だけをことさら誇張する極論でもない。

純粋に、俺という人間を数字に換えようとしている人に、初めて遭遇した。

「由槻は、俺のことを一生懸命考えてくれてるんだって嬉しくなった。勝手に分類しない。もしも俺が貧乏人で、馬鹿な成績を取るやつでも、由槻はきっと同じことをしたんだろうなって思った。……なんて純粋な価値観なんだろうって、感動したんだ」

そして、同時に、

「自分の輪郭が、はっきりした気がした。……だから、決定係数がお気に入りなんだよ。もう一度言う。由槻が初めて教えてくれた数式だ。俺を見てくれる人が、どう見てるのか教えてくれた。だから好きだ」

「そ、そう……」

由槻が目を泳がせた。自分の太ももを撫でながら、足をそわそわと動かしている。

それからようやく俺を見て、うなずいてくれた。

「わ、私も……好きです……」

「だと思ったよ。研究で使ったりするもんな決定係数」

「えっ!? あ、ええ、そう、そうよね。そう」

こくこくこくこく繰り返しうなずきまくる由槻。おいどうした数式のこと話すとやっぱり興奮するのか。

「なあ由槻。『人間は理屈じゃない』って言われて、怖かったんだろ?」

「……はい」

眉を数ミリ寄せて、気鬱そうにうなずく由槻。

だが、俺は続けた。

「当たり前に語られている〝人間らしさ〟が大多数その考え方だから、怖いと思ってるかもしれない」

「そう」

言われて、身を守るようにきゅっと手を握りしめている。

「だけど――考えたことはないのか？　由槻ともあろう人が、一度も？」

「……なにを？」

首をかしげる彼女に、俺は告げる。

「では、理屈の〝重み〟はどれくらいで、偏差値はどの程度だった？」

「!?　えっ、あ、え？」

びくんと、由槻が座ったままるで跳び上がるように反応した。

本当に考えたことが無かったのか。

ちょっと驚いたな。

「なあ由槻。素晴らしい理論もある。美しい感情もある。極端な話、どちらか一方がマイナスの値だとしても、だ。もう片方がそれを打ち消す以上にまで高まっていれば……どちらも〝人間らしく素晴らしい〟と判定される。そう思わないか？」

才能が無くても、人並み以上に頑張れば実力は高まっていく。

それと同じように、たとえ共感性が低くても、

「由槻は偏見で人を分類しない。ひとりひとりに対して、一生懸命に考えてくれる。本当は思いこみでいられる方が楽なのに、それをしないでいてくれる。理屈を全部、伝えてくれることも惜しまない。たとえ、分からないと思っていても、投げ出さなかった。それは

——努力を、たくさんしてる」

息を吸って、吐いて、覚悟を決めて、言う。

「由槻は1万人にひとりの理屈屋だ。だからこそ——人間らしくて美しいよ」

「っ——……っ!!」

由槻が、息を詰まらせていた。

「う」

と、小さな声を漏らして、ぎゅっと瞑った目から涙をこぼす。

「う、あ、」

顔を隠すように、腕で庇いながら泣き続ける。

「え、えーっと、泣かせるつもりで言ったわけじゃ……」

「あっち、むいてて」

「お、おう」

慌てて体をよじって背中を向けた。すると、背後でベッドが沈む感触。

「え？」

「そのままでいて」

背中に、体温が預けられていた。

体ごと顔を背中に押しつけられている。湿った熱がじわじわと広がっていく。

「……梓くん」

くぐもった声が、背中の肌まで震わせる密着距離で体に響いた。

「な、なんだ？」

「ありがとう。……もう、怖くないから」

それからしばらくの間、由槻はそのまま俺を抱きしめて――

「…………すぅ…………すぅ…………」

寝てた。

えっ、俺この体勢のままなの？　マジかよ。――この虚弱児！

悶々(もんもん)とする。

しかし、まあ——いつもたくさん頑張ってくれているんだ。今日くらいは、俺が由槻のために頑張る日でもいいだろう。

恋習問題・復習「恋したときの+1」

「ごめんなさい、楓音さん。ふたりがコソコソ会ってるのが気に入らなかったの」

「謝ってるけど言い方が怖いよ!?」

トレッキングから帰ってきた楓音と由槻は、さっそく仲直りをしていた。

俺という尊い犠牲を払ってすっかり熟睡した由槻は、楓音がＬＩＮＥでメッセージを送るまで――いや、送られても寝てた。俺のスマホに『もうすぐ着くよ』と入ったので揺さぶり起こすまで寝ていた。

「楓音も由槻が学校辞めないか不安に駆られた末の行動だったんだ。許してやってくれ」

「実は恋愛経験ゼロだからフォローのやり方に失敗したのねきっと」

「空回りカノン」

「距離感摑めないカノン」

「ふたりともひどくない？　っていうかユッキーをすっかり味方に引き入れて調子こいて

るアズくんがムカつく」

ジト目で俺を睨んでくる楓音。

それからすくっと立ち上がり、両手を後ろに回して偉そうな立ち姿を作ると、咳払いなどかましてくる。

「えー、こほん。これより、審判によるふたりへの通告をします」

「お？」「ん？」

俺と由槻が疑問符を挙げると、楓音は言った。

「〝ふたりでイベントをサボって同じ部屋にいた〟はふたりとも1アウトです！」

「……!!」

「たしかに……！」

恋人でもないとやらないことかもしれない。

まずいな。車の時と合わせると2アウト。追い詰められたぞ俺。

「そしてユッキー！　その格好はえっちぃのでもう1アウト！」

「!?　い、言いがかりです!!」

慌てて両手で体を隠しながら言い募る由槻。

いやー……アウト判定だと思う。だって、俺由槻を起こす時に気づいたもん。『……あれ、車の時と感触が違うような。……着けて　な　い　？』って。

　これで由槻も2アウト。よし、並んだ。

　まだ勝負はこれから――

「そしてぇ……〝窓の下で顔を出すのを待っていた男〟は1アウト！　アズくんだけアウト加算です！　あとちょっとキモい！」

「ああああ!?　お前楓音それは私怨だな!?」

待ってたわけじゃない。既読無視されまくってたからメッセージ送る瞬間にちょっと居留守を調べたくてだねきみぃ！

「審判を敵に回す人が悪いの。フフフ……」

　楽しげな笑みで俺を糾弾する楓音。サイコカノンさん再び。

「というわけで、特薦権はユッキーのものってことで。決着がつきましたー！　かいさーん！」

　いえーい！　とスマホで効果音まで鳴らす楓音。

「お前由槻を阻止したいんじゃなかったのか!?」

「ん？　んー、まあ、いまのユッキーならだいじょぶそうだし」

「臨機応変すぎる」

とはいえ、抵抗はそのくらいで諦める気持ちが湧いてきた。

「……まあ、そうだな。そうかもしれない。……由槻の勝ちで、終わりだな」

「……終わり、なの？」

勝者の由槻だけが、ポカンとした顔をしていた。

「そりゃまあ、俺が3アウトで由槻が2アウトだから。ゲームセットだろ」

俺がうなずいて答えると、由槻はむしろ不安そうにしていた。

「私に譲っても、いいの？」

「むしろお前になら、心置きなく譲れるよ。親父(おやじ)への嫌がらせは、もっとなんか考えるさ」

肩をすくめて笑いかけると、由槻はこくりとうなずいた。

「……その、ありがとう」

「どういたしまして」

お互いに一礼して、俺と由槻の戦いの幕は引かれた。

さて、切り替えよう。

「よし、これから忙しくなるな。由槻がＶＩＰになったら、監査委員会はまた編成し直しになるだろうし。由槻が抜けるのは痛いな」

「えっ？」

ガバッ、と由槻が体を起こす。ちょっと勢いよく動くと支えられてないところが激しい動きするからやめてくれ。

「えー、なんでー？」

楓音が言ってくる。うん、こっちのジャージ姿は見ていてもまったく平気。助かる。

「うちは生徒会とか部活連とかに嫌な顔される日陰者の組織だぞ。そっちのＯＢとかがいるサロンに監査委員のまま放り込んだら迷惑になるだろ」

「待って。そんなの私気にしないわ」

ぐっと身を乗り出してくる由槻。俺は首を横に振ってついでに楓音をなるべく注目するようにする。

「相手が気にするかもしれない。そうすると、放っておいた過去の証拠を消しにかかるかも。それは避けたいんだよ」

「そんな、でもあのシステムは——」

「そうだな。監査委員会にシステム部でも作って、由槻は風紀委員会に転属してもらうとかか」

「…………」

「おいおい生徒会役員とかになってもらって、全体の効率を上げよう」

「さーみーしーいー」

「風紀委員会ならいつでも会えるさ、楓音。たぶん」

「…………………………」

よし、帰ったらさっそく学院長への報告と編成案をやっつけよう。

と、

「……梓くん、ちょっとこっち来て」

由槻が、なぜか手招きしてくる。

その顔はいつもの鉄めいた強者のオーラ。ようやく調子が戻ったようでなによりだ。

ベッドの縁に座ったまま、俺を呼ぶ。

「え？　なんだよ」

「座って」

ぽふぽふとベッドを叩く。なんだろうか。まあ、まさかまた枕にしたりはするまい。

促されるままに座ると、由槻はなぜか立ち上がって俺を見下ろした。

「敗者にむち打つ気なのか？」

座った俺の真正面に由槻が立ち塞がって、立ち上がることすら封じられる。その体勢のまま、由槻はちょっと虚空を見上げて言った。

「……そうね。現象としてはそういうことが起きるかもしれないわ」

「鬼かよ」

なんて恐ろしいことを言うんだこいつ。

俺を覗きこむように少しだけ屈んで、由槻は言った。

「梓くん、２＋１は？」

「は？」

そんなもん、３に決まってる。

「ようく、考えて？」

反射的に答えようとした俺を、由槻が注意する。む、たしかに単純すぎるよな。

「ちょっと待ってくれ……えっと……」

考えるために一瞬、目を逸らした。

目だけが左を向いて、楓音が口を塞いで叫びそうになってるのを謎に思って、由槻に視線を戻した。

瞬間、由槻の瞳だけしか見えない距離に顔があった。

え？

「んん⁉」

「ん――」

驚いてるほうが俺で、平静なほうが由槻だ。

小さくて滑らかな唇の感触が、首から上の神経を満たした。触れるほど間近にある肌から香る甘い匂いが、意識を吸い込む。

「………………は」

由槻の瞼はいつの間にか閉じていて、その綺麗な顔がゆっくりと離れてから、ようやく薄く開いて潤んだ瞳を覗かせる。

……はい？

キスしてきた？　由槻の方から？　はい？

「……答えは、引き分けです。その……審判が不公平だったから、譲歩してあげます。どうみても私からしでかしたから、これでお互い3アウトよ。決着はついてないの。だから……次のゲーム、しましょ？」

淡々と、そんなことをのたまった。

恋習問題 復習

「恋したときの＋1」まとめ

2＋1＝引き分け！

まとめ

◆ないです！

◆質問はもう禁止です！

補題「あとがき」

どうもおはようございます。長田信織（ながたのぶおり）です。

ラブコメに数学をかけ合わせるという「なぜ全力を尽くしてしまったのか」案件をやり遂げました。みなさんお楽しみいただけましたでしょうか。

そうですかそれは良かったです。諸事情あって紙面が少ないので、その答えは「ＹＥＳ」に決まってると断定してさくさく謝辞などにいきましょう。

まずは声をかけてくださった担当編集のＳさん。ありがとうございます。あなたがいなければまずこの作品は書かれていませんでした。素敵なイラストでライトノベルにしてくれたうまくち醤油（しょうゆ）さんにも、お礼申し上げます。また、相談に乗っていただいた三河（みかわ）ごーすとさんにも。感謝の念に堪えません。

そして読者のみなさんへ。心よりお礼申し上げます。読む人がいなければ、小説は小説として成り立ちません。小説を小説たらしめる最後の1ピースは、あなたたちなのです。

本当にありがとうございました。またどこかでお会いできれば、とても幸せです。

長田信織

参考文献など

「Newton 別冊」（2018 年）『数学の世界　増補第 2 版』ニュートンプレス

「Newton ライト」（2018 年）『確率のきほん』ニュートンプレス

「Newton 別冊」（2018 年）『統計と確率　改訂版』ニュートンプレス

マスオ（2016 年）『高校数学の美しい物語』SB クリエイティブ

CHARTMAN（2016 年 10 月 26 日）〈https://twitter.com/CHARTMANq〉

Aicia Solid Project【遺伝に負けるな！】遺伝が 7 割のほんとうの意味〜決定係数〜【バ美肉おじさん！】#VR アカデミア#022〈https://www.youtube.com/channel/UC2lJYodMaAfFeFQrGUwhlaQ〉

加藤豊・加藤理（2018 年）『例題でよくわかる　はじめてのオペレーションズ・リサーチ』森北出版

木下栄蔵（2014 年）『問題解決のための数学』日科技連出版社

神永正博（2014 年）『直感を裏切る数学』講談社

小島寛之（2006 年）『完全独習　統計学入門』ダイヤモンド社

小島寛之（2015 年）『完全独習　ベイズ統計学入門』ダイヤモンド社

※一部電子書籍版を参考としています。

※ WEB サイトはすべて 2019 年 05 月 20 日アクセスです。

理系な彼女の誘惑がポンコツかわいい

著　長田信織

角川スニーカー文庫　21692

2019年7月1日　初版発行

発行者　三坂泰二

発　行　株式会社KADOKAWA
〒102-8177 東京都千代田区富士見2-13-3
電話　0570-002-301（ナビダイヤル）

印刷所　株式会社暁印刷
製本所　株式会社ビルディング・ブックセンター

Printed in Japan　ISBN 978-4-04-108375-8　C0193

★ご意見、ご感想をお送りください★

〒102-8078 東京都千代田区富士見 1-8-19
株式会社KADOKAWA　角川スニーカー文庫編集部気付
「長田信織」先生
「うまくち醤油」先生